生きてさえいれば

只要還活著

小坂流加

目錄

第一章　信

1

我從補習班的收費袋抽出一千圓，買好車票通過驗票口。罪上加罪讓我感到非常害怕。媽媽和妹妹小茜的膽子都大到厚顏無恥的程度，為什麼只有我如此懦弱呢？跳下軌道就能馬上死掉的念頭閃過我的腦海，但交通大亂會讓媽媽非常不高興，我不想挨罵，心想還是別跳軌自殺比較好。

醫院的電梯門一邊晃動一邊敞開，白光填滿了我的眼前。白熾燈的亮光反射在油氈地板和砂漿牆壁上，藥品的氣味直衝鼻腔。嗶嗶響的機械聲，好幾種重疊形成不明確的聲音。照護室一響起類似門鈴的旋律，護理師便從裡面衝了出來。

推輪椅的照護員，皮膚晒得黝黑，想必他度過了一個相當愉快的暑假吧？他皮膚的顏色讓坐在輪椅上的老奶奶，病情看起來嚴重了三倍。穿著夾克式白袍的醫師，比起穿著薄白袍四處奔走的醫師，看起來更優雅也更可疑。真要說的話，如果哪天我生病了，我會比較希望穿薄白袍的醫師來醫治我。

大學醫院心臟內科的住院大樓，正上演著千篇一律的日常。我在這裡算是熟面孔，所以趕緊逃進位在照護室旁，從前面數過去第二間的個人房。一關上門，喧囂就被隔絕在外。四周有機器圍繞的床上，躺著身穿白色睡衣的公主。

「呀喝──小春！」

膽小的我，如果被問到為什麼跑來這裡，肯定會挨罵。我對不久的將來感到害怕，同時舉起了手。公主溫柔地瞇起了眼睛。

「呀喝──千景！」

是非常明確而圓潤的聲音。我鬆了一口氣，把書包放在窗邊的櫃子上，朝放在床側邊的折疊椅坐了下去。

「你一個人來的？」

「嗯，因為我剛好有空。」

「有甜點，要不要吃？」

小春這個人，有著將我黯淡的心情一掃而空的強烈光芒。小春是媽媽的妹妹，換句話說，我是小春的外甥。

我打開她放在床邊升降桌上的盒子，裡面排列著五彩繽紛的馬卡龍。探病的人帶來的伴手禮，大多是流行的甜點或國外的土產。因為當事人食量很小，所以甜點幾乎都進了我和妹妹小茜的肚子裡。

探病的伴手禮不只有甜點。黃金國度般的街景、萬里無雲的晴空、夜景彷彿是鑲上無數寶石的地毯、不知憂慮為何物，開懷大笑的小孩子。光用看的就令人心情雀躍的明信片，替病房殺氣騰騰的白牆妝點上色彩。

小春最喜歡的就是銀河的海報。數量遠超過黑暗的亮光集合體，與其說是星星，看起來更像狼煙。

拿銀河海報來的大姊姊叫作小莉。我不曉得小莉的本名，小春有很多本名不詳的朋友。「模特兒的世界就是這樣」，小茜的口氣彷彿她親眼看過似的。

小莉總是穿著顏色鮮豔到足以讓人清醒的衣服，她喜歡聊天、聲音很大，也經常大笑，護理師們都很喜歡她。她是流行雜誌的模特兒。不過小莉總是說，如果小春身體健康，在她擔任專屬模特兒的雜誌那裡，小春絕對才會是最頂尖的模特兒。打從心底尊敬小春的小莉，和打從心底信賴小春的我，非常合得來。

之前有一天，小春因為長時間的檢查而累得睡著了；醫師把媽媽叫了過去，小莉便在醫院大廳請我們喝果汁。

「我比較想喝汽水。」

小茜一抱怨，小莉立刻回嘴道：「妳想變成胖嘟嘟的體型嗎？」

身材姣好的小莉，一句話就讓任性的小茜閉嘴了。

「我問你，千景。」小莉的聲音在四下無人的大廳迴響，「春櫻不會死吧？」

那一天，小春為了接受心臟移植手術，完成了受贈者的登記。在那之後已經過了一年，卻還輪不到小春接受移植。

小春有心臟病。那是一種若置之不理，心臟就會像氣球一樣膨脹的病。當媽媽告訴我，移植就是從過世的人那裡接收健康的心臟，然後交換心臟時，我開心得不得了。終於找到讓小春痊癒的方法了。

可是，心臟不是能夠輕易取得的東西。所以住院時間越拖越長。

媽媽辭掉了相當喜歡的編輯工作，轉到同公司裡，時間上比較能通融的部門當兼職人員，有時候晚飯的菜色也變得比較偷懶；臉上寫著唯我獨尊的小茜也不再抱怨超市買的熟食菜餚，她開始研究食譜，我則扛下洗衣服和打掃的工作。

小茜向媽媽詳細詢問過小春的病情和心臟移植的事，但我卻怕得什麼都不敢問。

「馬卡龍，你可以多吃幾個喔。」

小春的聲音讓我回過神來。

「謝謝，這個好好吃喔！」

「是小莉拿來的，聽說是法國很有名的店。」

「馬卡龍是法語嗎？」

「我聽說語源是來自義大利語。」

「可是它是法國的甜點耶？」

「對啊，搞不好是法國人擅自宣稱它是法國的甜點。」

「但是很好吃，算了。」

「對啊，好吃就好了。」

小春的臉頰浮現了酒窩。我笑的時候也會出現酒窩。爸媽和小茜都沒有酒窩，唯獨這一點，我和小春是一樣的。

敲門聲響起，小春的主治醫師走了進來。他看到我，露出了訝異的表情。

「咦？醫生，你剪頭髮了。」

小春一說，醫師的眼神就從我身上移開了。

「對啊，好看嗎？」

「很適合你，看起來很年輕。讓我拍一張照片吧。」小春興奮地大聲說。

「被模特兒稱讚好開心喔！」職稱是副教授的醫師用很紳士的聲音說道。

小春最愛的嗜好就是拍照。她一拿起放在床頭的老萊卡（Leica）相機，醫師就擺好了姿勢。

「醫生，你好帥喔！」

小春的萊卡型號是M6。樸素的全黑機身，唯一點綴的紅色標誌已經損傷，「Leica」則變成了「Lica」。小茜叫她買數位相機，但小春不願捨棄那臺軟片相機。

我也喜歡那臺萊卡。快門聲比電子音效更有「抓住一剎那」的感覺，軟片捲動的喀嚓聲也是，彷彿非常珍惜這一張照片似的，聽起來很悅耳。

醫師和小春對於藥物的事聊了一陣子，聽起來很生疏的片假名不斷出現，讓我很難加入他們的談話，我便坐在椅子上隨意看看。

窗邊的櫃子上放著小莉上封面的雜誌，上面有一個淺紫色的信封，已經貼好郵票，卻沒有寫地址和姓名，彩虹色的光芒在信封上晃蕩。

掛在窗邊的水晶吊飾，是來探病的人掛上去裝飾的。

很多人都會來看小春，假日甚至多到幾乎要在病房前排隊的程度。我環視了喜愛小春的人留下許多禮物的病房，總覺得有點羨慕。

每一個人都愛著小春。

「千景，去買午飯吧。」

醫師離開後，小春從床頭櫃的抽屜拿出錢包。

「小春，我順便幫妳把這封信寄出去吧？」我拿起放在窗邊的淺紫色信封。看了信封的反面，上面清楚寫著**牧村春櫻**四個字：「妳把地址寫上去吧！」

我把信封放在升降桌上，小春的臉上頓時蒙上一層陰影。我是不是說了什麼不該說的話？小春注視著沒有收信人姓名的信好一會兒，動作緩慢地從放錢包的抽屜裡，取出白色的萬用手冊。

「我不知道地址嘛。」

小春打開手冊的手非常透白，像是可以穿透看到另一側。她用纖弱的手，抽出夾在手冊裡的一張紙條。皺巴巴的紙條上，有兩個以小春筆跡寫下的地址，都位在大阪。

紙條上寫著「羽田秋葉」。

「羽田、秋葉？」

羽田秋葉這個名字，剎那間在我的腦海裡發出亮光。但它就像流星一樣立刻消失，我甚至抓不到它的尾巴。

「小春是春天的櫻花，這個人是秋天的葉子，名字好像喔！」

小春抬起頭，忽然露出燦爛笑容，我還以為她哭了。

「對啊！而且啊，他妹妹叫夏芽，是夏天的嫩芽喔！」

「加上媽的名字冬月，就是春夏秋冬了。」

「沒錯，春夏秋冬。」

她重複了我的話，再次用闔上打開的圓圈般的口吻，喃喃說著「春夏秋冬」。

小春纖細的指尖，輕撫著寫在紙條上「羽田秋葉」的名字。雖然只是個不經意的動作，但她的指尖卻打穿了我的心臟。理解這件事來得很唐突，我一直以為小春雖然受到所有人的喜愛，卻沒有特別心儀的對象。

「我不知道他現在住在這兩個地址的哪一邊，也說不定已經搬去別的地方了。」

「原來是這樣……」

「所以，不用寄沒關係。」

小春恢復成一如往常的笑容，將信拿起來並用手冊夾住，轉身要把它放回床頭櫃的抽屜裡。如此簡單的動作，小春卻忽然垂下頭，僵住不動。

「小春！」

我摸了小春的身體，手掌可以感受到她全身都在怦怦跳。小春的心臟會像氣球一樣膨脹，萬一現在爆開了怎麼辦？

小春的暈眩和心悸並非現在才開始的。日常生活中的小動作，會讓她立刻呼吸急促，臉色也總是很難看。在炎熱的夏天會感到疲憊，寒冷的冬天更是會筋疲力竭。因此，我總是很難想像，小春在學生時候和小莉一樣做過模特兒工作，也不相信她曾經正常地上過大學，甚至一個人住在外面。

我心中的小春，無論何時都坐在白色床單上微笑著。

「謝謝你，千景。」過了一會兒，小春的呼吸趨於平緩，但額頭上還是浮現了汗珠，她對我說：「我不要緊，你別露出那種表情。」

小春輕撫著我的臉頰，我鼻頭一酸，眼淚幾乎要掉下來。

「發生了什麼事？千景。」

我真的快哭出來了。

然而，下一秒鐘，房門打開，醫師和護理師衝了進來。

「牧村小姐，妳還好嗎？」

「心電圖顯示心跳不正常，妳做了什麼？」

我趕緊離開小春的身邊。這時候，我發現白色手冊掉到床下，順手撿了起來。

醫師說要做心電圖和照超音波，所以慌張地離開房間去拿機器。

「千景，不好意思，能不能麻煩你離開一下？」

護理師協助小春躺下。任由別人擺布身體的小春，頓時變成了另一個世界的人。大型儀器來勢洶洶地被搬進病房內。其他醫師也推著不同的儀器進來，我像是被驅趕般離開了病房。

從白袍築起的人牆縫隙間，小春露出了微笑，我還來不及用笑容回應，房門就被關了起來。

嗶！嗶！我聽見了心跳的聲音。

映在照護室螢幕畫面的心電圖，其中一個波形就是小春的生命波動。只要病房裡的小春呼吸紊亂，貼在她身體上的電極片就會傳送電波，照護室螢幕畫面的波形就會亂跳，它的機制就是這樣。

那個波形肯定和拉開嗓門播報颱風資訊的記者身後，波濤洶湧的黑色海浪一樣，有著不吉祥的形狀。而到了最後，海浪會高高升起，將小春捲走。

我有一種獨自被拋下，孤零零留在海灘上的感覺。

我決定明天要尋死。真希望可以把心臟捐給小春。

我在兒童公園一隅的塑膠製兒童遊戲屋裡，做出了這個決定。

上小學前，我和妹妹各自帶葉子和泥巴球到辦家家酒的桌子上，撕得細碎的課本，像炒飯一樣堆成一座小山。

化身成人肉碎紙機，切碎慘遭同學蹂躪課本的行為，就像通往自殺的儀式。

然後，剩下的就是寫遺書。

我從書包裡拿出鉛筆盒，我的失落感和羞恥心，變得更深刻、更強烈。

印在鉛筆盒上的動畫角色，雙眼被開了灰暗的洞。我的英雄被揮舞圓規的同學們集體私刑，慘不忍睹地殉職了。這是暑假時我幫了媽媽很多忙，小春因而稱讚我很了不起，說要獎勵我而用網購買給我的禮物。

我拿起自動鉛筆，把參與霸凌的人的名字列舉在筆記本上。中途還寫斷了筆芯好幾次。

『爸、媽，你們要恨的話，就恨這群人吧！』

最後該向誰道別，我不需要時間去猶豫。如果我的人生中只有一道亮光，那肯定是小春錯不了。

『小春，請妳早日康復。祈禱妳能盡快找到合適的心臟。』

我闔上筆記本，和鉛筆盒一起塞進書包裡。原本打算收拾桌上堆積的負面遺產，但我覺得很麻煩，就放棄了。

我背起書包，衝出了滿是沙子的兒童遊戲屋。

2

我拿著亮粉紅色的錢包和白色手冊，來到住院大樓外面。

抬頭一看，病房窗戶的白色窗簾沉默不語。他們正在裡面對小春做什麼呢？我討厭窗簾另一頭那群遮擋住小春、不講道理的大人。

我打開了夾在白色手冊裡的紙條。先是注視了大阪府的地址，毅然決然地往和商店相反的方向跑去。

門診大樓的候診室一隅，排放著供患者使用的電腦。大人們在談難懂的話題時，我和小茜經常在這裡玩線上遊戲。除了和小春見面，這是乏味的醫院中唯一可以打發時間的場所。

我在路線規劃裡輸入地址，把搜尋結果寫在手冊上。小春的錢包裡裝了不算少的金額，我的口袋裡也還有補習班的收費袋。我迅速關閉電腦的電源，奔跑在來醫院的路上。

我決定明天要尋死。

所以這是我為了最喜歡的小春，所能做的最後一件事。

終於找到能為小春盡一份心力的使命感，還有身體健康卻想自殺的罪惡感，喚醒了沉睡在我內心的活力。我在學校徹底扮演著一個硬邦邦的假人，但內心似乎還是個活人。

我有點介意手上的錢包太可愛了，我在商店買了紙袋，接著抬頭看了病房的窗簾，還是緊閉著的。

我在心中對小春喃喃說：「我出發了」，然後離開了醫院。

我從東京車站搭上東海道新幹線。平日下午的車廂內雖然很空，但我踏進車廂後，立刻坐在映入眼簾的位子上。我一邊看著手冊裡的路線圖，一邊在腦海反覆演練路程。

抵達新大阪後，首先要轉搭地下鐵。御堂筋線、中央線、在哪個車站下車、接下來要怎麼做。若不讓腦袋先全速運轉，緊張的情緒一定會壓垮我，讓我無法保持清醒。

我第一次一個人搭新幹線、蹺課和挪用補習費，正打算前往大阪。今天一整天就體驗到三年份的初體驗，而且是現在進行式。

車廂內的時鐘指著一點，這是下午課程開始的時刻。

營養午餐的時間真的形同地獄。如果能獨處還算好，要是為了欺騙導師，硬是把自己推進同學的小圈圈裡，大家就會毫不留情地把討厭的菜丟到我的餐盤。雖然我不偏食，但大多數小孩討厭的食物我也一樣討厭，看到我的臉因痛苦而扭曲，同學們就會樂得手舞足蹈。

呼吸越來越難受，於是我打開了在月臺買的寶特瓶飲料。用茶潤潤喉嚨之後，我看向窗外企圖讓心平靜下來。順勢流去的大樓、房子、大樓、房子、天線、房子、房子、房子。

景色靜靜地透過視覺告訴我，我正在遠離東京。

當車窗的景色變成一大片綠色後，我的心也完全變成一名旅客。緊張不知不覺變成了愜意的激昂，我想起了低年級時，小春常念給我聽的《銀河鐵道之夜》的故事。

我假裝自己是主角喬凡尼，幻想著天鵝停車場和輦道增七星的觀測站在哪裡。

再過不久，我就能看見蠍子的火了吧？

我喜歡《銀河鐵道之夜》中出現的「真正的幸福」這句話。

當我抬頭看滑過藍天的一道飛機雲時，當我在冬天黎明的溫暖被窩裡，聽著雨聲時，當我站在吹過整排櫻花樹的風中時，幾萬個詞彙一口氣灑落下來的瞬間感動中，那一句話撲通撲通跳著。

我越來越把自己當作喬凡尼，盡情地幻想，但我馬上碰壁了。我沒有同行的朋友，沒有像卡帕涅拉那樣的朋友。

我高漲的喜悅剎那間就消氣了。

為了彌補失去方向的幻想，我開始思考收信人「羽田秋葉」的事。從來沒有離開過東京的小春，到底是怎麼認識大阪人的？

我的眼神停在坐在斜前方大叔手上的手機。不過小春絕對不可能上交友網站的，還是對方也是模特兒？但如果是，用不著我問，小莉也會滔滔不絕地講出來。

還是大學同學？大學有來自全國的人，雖然小春因為生病輟學了，但好歹念了三年。

「羽田、秋葉，嗎？」

我奔馳在聯繫起兩人的距離上。

小春到底寫了什麼呢？好在意。我摸了摸信封，但信封黏得好好的。

如果這個人願意來，小春或許會打起精神。

新幹線通過京都時，我開始有了依賴「羽田秋葉」的想法。

當我踏上新大阪的月臺時，關西腔的對話便毫不留情地襲擊我。我向站員問了地下鐵怎麼走，那個人當然也是說著一口關西腔。

「御堂筋線的乘車處在那邊。」

發音偏高的地方不一樣，重音不同，聽起來就像外國話，甚至連人的長相也看起來不一樣。不知道我是不是一看就像東京人？一想到這裡我就很害怕，向對方鞠躬後便快步朝地下鐵走去。

地下鐵裡面簡直是異世界。老人、小孩、年輕女孩、大嬸、學生、上班族，所有人都說著流暢的關西腔。我甚至覺得，拿著一個小紙袋就闖進異世界的自己非常勇敢。

我在本町車站下車，轉搭中央線。抵達目的地的車站，已經是下午四點半了。今天以內如果不回家，我一定會被媽媽和小春罵。

小春明明和我們同住，卻像客人一樣見外，媽媽則是擺明了一副「生病的小春是個累贅」的態度。一直到最近，兩人的關係才改善到像目前這樣相安無事。自從得知除了心臟移植，沒有其他方法能治好小春的病之後，媽媽不再抱任何希望，對小春的態度也軟化了。

從地下來到地上後，我穿過橫越頭上的高架橋下方，朝站員告訴我的方向小跑步地前進。我一邊走一邊不斷問路人，最後抵達了一間實在稱不上生意興隆的小工廠。毛玻璃上用白色文字寫著「前原製作所」。

前原？不是羽田嗎？

我訝異地愣在原地，門突然打開了，裡面走來一個穿著丹寧圍裙的大叔。大叔用懷疑的眼神看向我。

「有什麼事嗎？小弟弟。」直到剛才，我所聽到的關西腔都像搞笑節目一樣輕快，這時頻道卻突然轉到黑道電影了，他又問了我一次：「喂！有啥事嗎？」

「這、這裡有沒有一個、叫作羽田、秋葉的人？」

因為太在意重音，讓我反而變成像機器人一樣，講話斷斷續續的。

「這裡沒有姓羽田的人。」

「他不住在、這、這裡嗎？」

「這裡只有工廠。」

大叔不知道我從五百八十公里以外的地方遠道而來，很乾脆地放話，然後掏出香菸點火。

但我不想放棄，焦急地拿出夾在白色手冊裡的紙條，逼問大叔：「這個！這個地址是這裡沒錯吧！」

「小弟弟，你是東京人嗎？」

「我想找羽田秋葉！」

我的聲音讓幾個大叔陸陸續續走了出來。

「唷，怎麼了嗎？」

「這小子好像在找人。」

「喂！小弟弟，你剛才說秋葉是不是？」穿著灰色工作服的大叔走向前。我把紙條遞出去，大叔轉而看了紙條和我，問：「小弟弟，你是小秋的誰？」

「你認識他？」

「對啊，小秋小時候住在這裡，我是本地人，跟他很熟。」

「我來這裡，是有東西想交給羽田秋葉。」

「應該是筒井秋葉吧？」

「筒井？」

「對啊，沒錯。我記得他媽媽好像再婚了……」大叔露出不可思議的表情，摸著自己的下巴。猶豫了一會兒後，用試探的眼神對我說：「小弟弟，去另一個地址以前，你先去車站另一頭，一家叫作『兵頭酒鋪』的店看看。」

大叔叼著菸繼續說：「我家老媽以前說過，小秋都泡在『兵頭』，說不定他們知道些什麼，你以S中為目標，走過去就知道了。」

「車站前面有一個地下道，走出去之後右轉，過了大十字路口之後再往左轉。先右轉再左轉喔！」

「小弟弟，懂了嗎？」

我曖昧地點頭，其中一個大叔撕開空菸盒，攤平後在反面幫我畫了地圖。

「謝謝。」

「小弟弟，你從東京遠道而來，到底要拿什麼東西給他？」

我鬆了一口氣，隨便說了一些理由後就離開了工廠。

我第一次那麼流利地撒謊。如果小茜聽到了，肯定會大吃一驚。沒有人認識我的地方真是太棒了，我覺得自己無所不能。無論何時，我的身邊總是有爸媽和小茜。不屬於學校也不屬於家人的我，總覺得好輕盈。

我照著地圖前進，來到了面向中學操場的馬路。鐵網圍籬的內側，學生們正在踢足球。我已經決定升上國中後要加入足球社，但「國中生的我」是不存在的。因為明天，我就要親手殺了「國中生的我」。

死，就是這麼一回事。

國中生的我、高中生的我，都會被小學生的我殺死。明天的我，奪走了後天的我。假如昨天我就想尋死，今天我也不會在這裡。

不過現在想這些也無濟於事，我將視線從操場移開。接著，我看到了一個身穿水手服、坐著輪椅的女孩子，她有著和小茜一樣的黑色長直髮，被穿過操場的風吹拂。她專心凝視著風吹來的方向。

雖然她的髮型和小茜一樣，但她比小茜漂亮多了。她是不是坐輪椅上學呢？沒有人陪伴沒關係嗎？是不是遇到了什麼困難？我擔心了起來。

或許是察覺到了我冒失的視線，她忽然轉頭看向我。用比小茜還大的雙眼、比小茜更銳利的眼神瞪著我。若是停下腳步，不知道會被說什麼，我只好假裝平靜，馬上通過她的身後。

我好緊張，深怕被她叫住。

「得分！」

操場響起叫聲，四散的人群全都聚集到球門前。我偷偷回頭，看到女孩露出雪白的牙齒。但她似乎又在剎那間捕捉到我的視線，立刻又用魔鬼似的表情瞪著我。

3

我完全沒注意到街景從住宅街變成商店街了。

剛才的女孩在我腦海揮之不去。她露出白牙的那一瞬間真的非常可愛，她笑起來很可愛，不笑實在很可惜。

一輛小貨車停在我的後面。大概是聽到了停車聲，有人從路邊的商店走出來大叫，那聲音讓我驚訝得幾乎要跳起來。

「回來啦！秋葉！」

我一回頭便看到一個頭上綁著白毛巾、穿著T恤的男人從小貨車上走下來。站在貨車旁的女人一向他搭話，他就把空瓶從車斗上搬下來，又坐回駕駛座。

「車停好後就拜託你看店了，我要去接夏芽。」

我彷彿被宣告連成賓果的最後一個數字，受到相當大的衝擊，呆站在原地，當我正因為突如其來的僥倖感到困惑時，車斗寫著「兵頭酒鋪」的小貨車就從我面前開了過去。

我拔腿衝了出去，深怕抓不到機會之神的瀏海。

貨車用倒車的方式開進馬路後方的停車場。看到從駕駛座探出頭、操作方向盤的人，我簡直不敢相信自己的眼睛。

來醫院看小春的男人，大家都很時髦，大多是很適合戴眼鏡和帽子、穿尖頭鞋的帥哥。或者是從事編輯、攝影師、造型師這種職業，個性獨特的人。所以我所想像的「羽田秋葉」，應該是站在這些階級頂端的人才對。但是從小貨車上走下來的他，除了個子很高，沒有其他地方讓人留下深刻印象，是一個平凡到不行的男性。

他一邊把車鑰匙放進口袋，抬頭看了一次天空，然後發現到我的存在，但表情顯然絲毫不感興趣，就這樣從我面前走過去。

小春，真的是這個人嗎？

他前腳才踏入店裡，出來迎接他的女人後腳就走出商店來到馬路。莫非那個人是他的太太？被關在病房一年以上的小春浮現在我眼前，我立刻拋棄了那個選項。這樣小春太可憐了。

我猶豫了好一會兒，決定鼓起勇氣走進店裡。

「歡迎光臨。」

站在收銀臺前的他抬起頭來。我走向商店深處的冷藏櫃，企圖逃離他的視線。頭上綁著白毛巾的他，並沒有察覺到我從陳列櫃後面偷窺他的熱情眼神，只顧在攤開的筆記本上寫東西。我低頭看了紙袋。是一封夾在白色手冊裡的淺紫色信封。貼了郵票卻無法寫上地址的信。簡直就像做好活下去的準備，卻沒有辦法活下去的小春。

我將手伸進紙袋裡。雖然對方只是不起眼的酒鋪店員，但不把這封信交給「羽田秋葉」，我就沒辦法回去。

「小子！你在幹麼？」

當我因為突如其來的咆哮回頭，同一瞬間，我的手臂已經被抓了起來。

「又是扒手？你是S中的吧？啊？幾年級？」

臉像法隆寺金剛力士阿形像一樣紅的大叔，連珠炮似的聲音勾起我不好的回憶。同學在書店行竊時，曾經命令我負責看守。提心吊膽的我，就像現在一樣被帶到書店後面去。因為我的包包裡沒有搜到商品，所以我被無罪釋放，但被冤枉的恐懼卻深深烙印在心底。

從那時候開始，我就想要自殺。

「叔叔，等一下，這傢伙沒有偷東西。你看他的紙袋。」

將我沒有偷竊的證據拿給店老闆看的人，正是羽田秋葉。

「叔叔，你太敏感了啦！」

「哇！真的耶，抱歉喔，小弟弟。」

他鬆開我被掐住的手臂，隨即一溜煙地逃到店的角落。我再也不想受皮肉之痛，也受夠了被大吼或是責備。

「小弟弟，對不起。」

金剛力士即使靠近我，我也動彈不得。

我不知道為什麼我會被霸凌。

某天，沒有任何徵兆和號令，所有人就從我身邊一起消失了。一顆小石頭不知道從哪裡飛了過來，就算我大聲喊痛，也沒有人再聽到我的聲音。而後石頭多了一顆，又多了兩顆。隱隱約約的人影，很快就融入了稍遠的人群中。我正打算追上去，石頭又飛了過來；到最後，石頭變成了槍彈，槍彈又變成了砲彈。

「抱歉喔，真的很對不起，請你包涵。」

和粗沉的聲音不同，落下的是溫和的聲音。我抬頭一看，紙袋就垂在眼前。我把紙袋搶過來攬進懷裡，然後愣愣地瞪著指尖看。當大人開始對沉默不語又動也不動的我感到棘手時，一個親暱的女孩聲音在店裡響起。

「咦？你不是海藤嗎？」

「這小子是夏芽妳的朋友嗎？」

「對啊，是我的小學同學。天啊！好懷念喔！海藤，好久不見。」

我一抬起頭就看到坐在輪椅的女孩彎著雙眼。海藤是誰啊？我嗎？

「你不是轉學到東京了嗎？怎麼了？是不是特地來看我的？好高興喔！欸、欸，講東京的事給我聽吧！」

她就像念著準備好的臺詞似的，滔滔不絕說著莫名其妙的話。

「什麼嘛，原來是來找夏芽啊。那就更過意不去了。」

「沒關係、沒關係，叔叔。海藤總是很膽小，小學時也常常因為莫須有的罪名挨罵。都怪他太懦弱了。」

「說得也是。明明是男的，皮膚卻白嫩嫩的，眼睛也像女生一樣大。你應該吃胖一點才對。對了，留下來吃晚飯再走吧！」

「爸，臨時留人家吃飯，這樣不好啦。」

「有什麼關係？讓叔叔贖罪嘛！」

金剛力士露出笑容，把臉湊了過來。我不發一語，朝女孩看過去。有一瞬間，她趁大人不注意時使了一個眼色。那是交織了各種脅迫話語、極度高傲的眼神。

我對金剛力士點點頭。這是被霸凌的孩子特有的觀察能力外加條件反射。

「真的嗎？海藤，你方便嗎？父母親呢？」

「我爸媽無所謂，他、他們也說過，要我和夏芽好好聊一聊。」

「那不如住下來吧？」

她坐著輪椅靠過來。好勝的眼神，看起來很狡猾的嘴脣，完全不知道她有什麼企圖，但她帶著奸計的笑容簡直爐火純青。我拚命思考逃離這裡的方法，但節奏完全跟不上。

「既然這樣，煮什麼好呢？海藤喜歡什麼菜？」

「吃肉啦，理央。海藤太軟弱了，要增強力氣才行。」

「那我去買東西。海藤，記得聯絡你媽媽喔！」

「我去準備棉被。海藤，你慢慢坐。」

「海藤，這樣好嗎？」

「可以啦！對吧？海藤。」

唯一向我徵求意見的秋葉先生，他的貼心也被推翻了。當反駁的話哽在我的喉嚨時，打開店門走進來的客人叫了他，秋葉先生便離開了。大人都走了，店的一隅只剩下我和女孩。

「我叫作羽田夏芽。你是來做什麼的？是那個人拜託你的嗎？」遲來的自我介紹，加上突然直搗核心，讓我抬起頭。夏芽用挑釁的眼神看著我，「你是牧村春櫻的什麼人？」

「妳、妳認識小春？」我放聲大叫，夏芽的鐵拳刺入我的腹部。

「白痴！不要大叫！萬一被哥哥聽到了怎麼辦？」

「對、對不起……」

「我要去後面，你來幫我。」

夏芽解開輪椅的煞車，我繞到她後面推起輪椅。上下關係早已形成。

店鋪後面是住宅。我們沒有上去客廳，而是穿過落塵區來到寬敞的庭院。庭院一角蓋了一間像是倉庫的小屋，是類似臨時搭建的組合屋那樣的建築物。

夏芽朝主屋二樓喊了叔叔，金剛力士臉的大叔就乒乒乓乓地跑了下來。他套上拖鞋從緣側走下來，用熟練的手法把夏芽抱起來。大叔先讓夏芽坐在房間裡的椅子，再用放在入口的抹布，把紅色輪椅的輪胎擦乾淨後推進室內，接著搬動夏芽讓她坐在輪椅上。一連串的動作非常俐落。

「謝謝你，叔叔。」

「你們應該有很多話要敘舊，慢慢聊啊，晚飯弄好我會來叫你們。」

「不好意思。」

我畢恭畢敬地鞠躬，大叔便咯咯笑了。

「海藤，不可以對夏芽有非分之想喔！叔叔我雖然待在店裡，但我的直覺很準喔！」

「你不要亂講啦！海藤才沒有那個膽子，不可能啦！」

「不可以對男人太大意。不過，在我發現之前，小秋就會先發現了。小秋很可怕喔！他會殺了你。」

「我會率先動手殺了他啦！」

他們是不是沒發現自己說的話很沒禮貌？居然認定我會偷襲夏芽，我一定會被殺死。

大叔離開後，門被關了起來。祥和的氣氛頓時降到冰點。

「烏龍茶。」

「啥？」

「放在冰箱裡，去拿過來，你也可以喝。」

夏芽的表情顯示她完全打開霸凌模式。為什麼霸凌的人，臉總是很臭呢？

即使如此，我還是照她的話從冰箱裡拿出兩罐烏龍茶；她說要杯子，我就照她的命令從餐具櫃拿出史努比的杯子，細心地將烏龍茶注入茶杯遞給她。

紅色輪椅就像是寶座。

踏進室內後，我感覺房子內部比外觀看起來要寬敞多了。入口後面還有另一個房間，從敞開的房門可以窺探到那應該是臥室。

會覺得房子寬敞，是因為裡面幾乎沒有放東西。沒有隔間的室內，只有一張椅子和餐桌、電視、餐具櫃和抽屜櫃。抽屜櫃上有個小小的佛壇，擺了一張照片卻有兩個杯子。照片旁有一個粉紅色的裝飾，仔細一看，形狀和小春常常摺給我的立體動物很像，好像是兔子？

「你是牧村春櫻的什麼人？」夏芽的聲音飛了過來，像是要警告放肆地環視房間的我。

「妳怎麼會認識小春？妳是羽田秋葉的妹妹？海藤又是怎麼回事？」

「是我在問你問題。」

夏芽推翻了我的疑問。

「我是她的外甥啦！小春的姊姊是我媽媽。」

「是喔，然後呢？你要我們歸還哥哥？」

「歸還是什麼意思？」

不准用問題回答問題，夏芽銳利的眼神如是說。

「我不知道小春和羽田秋葉是什麼關係，只不過……」我正打算說出信的事，頓時又閉上了嘴。夏芽的雙眼發亮，「只不過，我很在意。」

「在意什麼？」

夏芽已經察覺到我有一半在說謊，我拿出紙條企圖蒙混過去。

「我跟小春借的書裡夾著這個。我從來沒聽說過她有大阪的朋友，也不認識這個名字，所以很在意。」

「光是在意就特地來到大阪？你真的是如假包換的傻瓜耶！」

我噤聲了。繼續說下去，我怕會露出馬腳。

「你真的只是在意？牧村春櫻沒有交代什麼嗎？」

「沒有，還有，請妳不要直接叫小春的全名，可以嗎？」

「你還不是直接叫我哥的全名。」

「因為我不知道該怎麼稱呼他嘛！」

「我也是啊！」

宛如女皇帝的夏芽忽然態度一變，好像做了什麼虧心事似的，將視線從我身上移開。

「妳為什麼認識小春？為什麼知道我和小春有關係？」

「因為照片啊。」夏芽看都沒看我就這麼說：「我看過你和哥哥的合照。」

「我和、秋葉先生？」

「哥哥好像沒發現是你，但是我馬上就認出來了。」

「既然如此，為什麼要叫我海藤？」

夏芽沉默不語。

「妳不希望秋葉先生發現？」

夏芽板著一張臉點點頭。房間越來越暗，我站起來按下玄關旁的電燈開關，室內頓時亮了起來。燈光也照到了後面房間的書櫃。

「我可以問妳秋葉先生的事嗎？」

「要問什麼……」

小春受人喜愛，卻不是一個讓人害怕的人。可是我卻感受到，夏芽很明顯地對我身後小春的影子感到恐懼。我穿越變亮的房間，踏入後面的房間，夏芽就發出了歇斯底里的聲音。那個房間裡放著床和書櫃。

「不要隨便在別人家走來走去！」夏芽從我背後大叫。

「我想了解小春的事，還有小春和秋葉先生的事。」

「不可以！我真的會宰了你喔！」

「沒關係，反正我明天就要死了。」

「胡說什麼？你白痴啊！」

「我想在死前知道小春的事。」

「你不是說她是你媽媽的妹妹嗎？」

「對啊，她是我的阿姨。喜歡拍照，非常珍惜萊卡M6。喜歡天體，收集了很多宇宙相關的攝影集。嘴上說喜歡科幻小說，其實最喜歡少女漫畫，看矢澤愛的漫畫會哭。但是，小春最喜歡的書一直都是同一本。」

夏芽的臉越變越慘白。我站在書櫃的前面。

「這裡和小春的書櫃一模一樣。」

大書櫃上排列著萊卡的入門書、萊卡的雜誌、小春喜歡的那位攝影師的風景攝影集，還有天體、星座和宇宙的攝影集，連排列順序都跟小春一樣。科幻小說文庫本的水藍色書背也是，但小春擁有的很新很光滑，這裡的書已經晒到變白了。作家陣容則是完全一樣，旁邊還放著看起來難以容身的矢澤愛。

在小春的書櫃上，反而是亞瑟·查理斯·克拉克（Arthur Charles Clarke）沒什麼地位。此外還有宮澤賢治。把好幾本相同書名的書排在一起的方式，也和小春一模一樣，這讓我覺得很難過。

小春的書櫃也有好幾本，只有出版社和封面設計不同的《銀河鐵道之夜》。

欠缺日常生活用品的房間裡，這個書櫃的尺寸大得相當異常。像是設置了屏障一般，靜靜守護著某樣東西似的，毅然決然地矗立在那裡，還有上頭那些清澈又充滿堅硬孤獨的書籍。

我覺得這裡沒有哪一本是夏芽會看的書。

「小春和秋葉先生曾經是情侶嗎？」

「那種事，知道了又能怎樣？」

「我只是覺得，如果小春有那種對象，我會很高興。」

熟悉的書櫃給了我勇氣，夏芽很不爽地皺起眉頭。

「她現在沒有對象嗎？應該有很多人想追她吧？」

「小春沒有男友。據我所知，她從來沒有交過男朋友。」

「在你不知道的時候一定有啦，絕對有！」

「她的事情沒有我不知道的，畢竟我們一直在一起。」

「你真的是幼稚的小鬼，你到底幾歲啊？」

「我已經小學六年級了，不准叫我小鬼，妳跟我差不多。」

「我國二了，不想理你。」

夏芽又要奪回掌控權了。

「我和小春一直住在一起，而且她老是住院，如果有男友，我馬上就會知道。」

夏芽的口氣彷彿對小春瞭若指掌，但聽到住院二字，她就愣住了。

「她生病了？」

我正要點頭回應時，玄關大門突然打開，我們不約而同抬起頭。

「海藤，我買了點心回來，晚飯前先吃這個吧！」

沒禮貌的闖入者就是剛才那家酒鋪的女兒，兵頭理央小姐。理央小姐把超市的購物袋放在玄關，露出滿臉微笑。她搖晃著柔順的褐色鮑伯頭，輕快地離開了。

「理央小姐該不會和秋葉先生結婚了吧？」

「先別管了，點心。」

上一秒鐘還一臉嚴肅的夏芽，用下巴指了指，頓時我又恢復成僕人的地位。

我繞到夏芽後面握住輪椅的手把，將她推到餐桌旁，而且沒有卡到電視櫃或是抽屜櫃，最後細心按下煞車，夏芽很佩服地抬頭看我。

「你認識坐輪椅的人嗎？」

「就是小春啊，她在醫院裡幾乎都坐輪椅。」

「她的腳不好嗎？」夏芽提心吊膽地問：「她是模特兒對吧？」

「妳看過嗎？」

夏芽點點頭。一談到小春，她就會突然變得懦弱。

「哥哥把雜誌、照片還有信藏在壁櫥裡。那，牧村春櫻到底哪裡生病了？」

「……心臟。」

一聽到心臟二字，夏芽露出了詫異的表情。她是不是以為只有行動不便的人才會坐輪椅？

「稍微走一下就會上氣不接下氣，動彈不得。所以移動時都要坐輪椅。」

「你說的是真的？」

我點點頭，接著我們保持沉默，專心地吃著理央小姐留下的點心。

4

夜晚來臨了。光是想像媽媽現在勃然大怒的模樣，我就全身發抖。

我告訴小春要去買午飯卻沒回去，她一定也很擔心。我原本想打她的手機，但最後還是打消念頭了。家裡的電話則是害怕到不敢打。

老實說，我恨不得馬上回家。沒有人認識我的地方雖然很開放，但陌生人的家實在讓我坐立難安。我不曉得該怎麼表現自己好的一面，也不曉得知道我真面目的夏芽，會對我做出什麼事。

但我還是勉強待在這裡，因為無法決定該怎麼處置小春的信。從以前就是這樣，只要遇到能幫助小春的事，我就比平常更能鼓勵自己。

不知道他們是不是都在酒鋪吃晚飯，我們被叫到了主屋。吃飯時，他們簡單扼要地告訴了我理央小姐父女和夏芽他們的關係。理央小姐和羽田兄妹從小一起長大，三年前開始像現在這樣生活在一起。

我自稱是夏芽念小學時的同學，叫作海藤兼八。是夏芽事先命令我要這麼說的。

「小子，你爸爸喜歡喝酒對不對？」

海藤和兼八據說都是燒酒的名字。

餐桌上的氣氛非常開朗。神似金剛力士像的大叔心情超好，拚命喝酒又拚命講話，一下推薦我吃五花肉，一下又把肝臟放在盤子上催我吃，還吵著要我喝酒，結果被理央小姐罵到臭頭。

明明沒有開電視配飯，聲音卻此起彼落。

我爸爸總是很晚才回到家，聽說他在家電產品的公司裡擔任技術開發，但他老是認定我還聽不懂他說的話，所以很少談論自己的事情。話雖如此，他也不會聽我說日常生活的事。

他是一個不會介意成績，也不會問我學才藝學得如何的人，更不是假日會玩投接球的人。小茜常說他被媽媽騎在頭上，但因為他也是一個不怎麼積極說ＮＯ的人，所以我家相處得很和平。

我一邊被拉進大叔、理央小姐和夏芽的同步對話中，一邊偷偷觀察秋葉先生。

他換上黑色T恤和運動褲後出現在餐廳，在對面坐下後便問我：「有沒有聯絡媽媽？」

他的手臂有恰到好處的肌肉，拿筷子的方式就像標準範本，交互吃著肉和蔬菜，偶爾喝一口啤酒。雖然沒有很積極地加入對話，但表情自始至終都很溫和。

他的眼睛下方有鼓起的臥蠶，這一點和夏芽很像；但他完全感受不到夏芽那種殺氣，感覺就像是溫順善良的大哥哥。不過，若問我適不適合搭配彷彿玻璃櫃娃娃的小春，則是有太多難以理解的要素。

我偷偷摸摸地觀察，目不轉睛地驗證，而夏芽則從餐桌對面毫不客氣地瞪著我。

吃過飯後，理央小姐和夏芽一起去洗澡。大叔喝醉去二樓睡覺了。夏芽她們洗好後則換我去洗澡，然後再換秋葉先生洗。

秋葉先生去洗澡，夏芽和理央小姐回到偏房後，客廳頓時陷入一片寂靜。我望著亮燈的偏房的毛玻璃，啜飲著理央小姐端給我的麥茶。

抬頭看了掛在牆上的時鐘，已經過了九點。平常度過的九點，和今晚的九點有天壤之別，彷彿地面與銀河。剎那間我甚至搞不清楚自己身在何方。

借我T恤穿的秋葉先生洗好澡出來了。他粗魯地擦著黑色頭髮，坐在我的面前。

「我也來喝好了。」

「啊，我去拿。」

「不用了，我自己來。」

秋葉先生溫柔地制止了老是聽從命令、因反射動作而站起身的我，從冰箱拿出玻璃冷水壺，還從流理臺的瀝水籃拿了杯子，又回到我面前坐下。不知道是逐漸習慣了我的存在，還是客廳沒有別人，又或者是洗澡洗得很舒服的關係，他的表情非常放鬆。

我一股怒氣頓時油然而生。

「啊——真好喝！」

小春連泡澡都沒辦法，這個人憑什麼悠閒地入浴後享受冷飲呢？她住在像監獄般的病房裡，甚至沒辦法自己擦身體。前陣子還可以，但現在因為心律不整遭到禁止，由護理師替她擦澡。

洗頭髮只限定身體狀況良好的日子，這也是護理師的工作。對任何人都很客氣的小春，大概是體諒護理師幫她洗髮、潤絲、甚至吹乾實在太麻煩了，把又長又漂亮的長髮一口氣剪到肩膀上。當然她也不可能去髮廊，是我那個外行人媽媽剪的。

她的身上裝了很多管子，打了很多藥，無法心滿意足地走路，無法過正常人的生活，也沒有個人時間。明明當過模特兒大受歡迎，現在只能穿睡衣，也沒辦法穿高跟鞋。不能去新開幕的購物中心，拍賣會更是名副其實的戰場。

小春身邊總是伴隨著疾病，死亡寸步不離。但羽田秋葉卻逍遙自在、心情暢快，我無法饒恕。

「你要在這裡待多久？」秋葉先生放下杯子後問我。

「我是因為父母工作才來的，大概幾天吧。」

「這樣啊，父母有沒有擔心你？」

「不要緊。」

「以前我每天都會去夏芽念的小學，可是我不記得你，真是抱歉。」

「沒關係，因為我很不起眼。」

吃飯時，理央小姐忽然說「夏芽的同班同學裡，有叫作海藤的人嗎？」，讓我驚慌失措，嚇出一身冷汗。夏芽則若無其事地撒謊說：「海藤就是這樣，一點也不起眼」，而這句話巧妙地說服了所有人。

「不過，你來找夏芽，我很開心。謝謝你。」

「秋葉先生講話變成標準口音了。」

「有嗎？口音是會被影響的喔，海藤你如果待在關西一星期，我想也會變成關西腔。」

去外國留學，自然而然就會聽習慣英文，和這種感覺一樣嗎？

秋葉先生幫我的空杯子倒入麥茶，也把自己的杯子加滿。

「夏芽和叔叔就不會這樣。」

「因為我曾經在東京住過。」
他正在回想。回想在東京度過的日子。
他的身旁，有那個人嗎？
我雙手握住杯子，按捺住高漲的情緒。
「秋葉先生是什麼時候在東京住過呢？」
「七年前。原來已經是七年前了啊！」
七年前，我還沒有上小學，小春是大學生。我的喉嚨發出咕嚕的聲響。可以感受到凝聚的熱空氣被嚥下去後，下降到胃裡。
「秋葉先生，我啊。」
無法像夏芽一樣立刻說出機伶的謊言，讓我對這樣的自己感到煩躁。頭腦動得很慢，所以提心吊膽。我自虐地認為，自己就是因為這樣才會遭到霸凌。
「我來到大阪，是因為想見一個無論如何都想見的人！」我太拚命了，聲音也跟著變啞。看到我忽然如此振奮，秋葉先生顯得很困惑，我接著說：「那個人不是夏芽，我找夏芽是為了和她商量那個人的事……」
「海藤，該不會你的父母沒有來大阪吧？」
我點點頭，秋葉先生傻眼地嘆了口氣。
「這樣不行啦！」

「可是我是為了尋找『真正的幸福』才來的。」

秋葉先生停下了動作。

他黯淡的雙眼，一瞬間亮起了光芒。就像在動物園柵欄中努力賣萌的動物，突然野生化一樣。我倒抽了一口氣，喉嚨發出咕嚕一聲。剛才被嚇下的是興奮，現在下降的是恐懼，萬一秋葉先生發現了我的真實身分，我一定會被夏芽殺掉。

秋葉先生不曉得知不知道我在緊張，他撩起濡溼的瀏海並露出笑容，這個動作看起來像是要讓自己心中的某種情緒平靜下來。

「是戀人還是什麼嗎？」

「呃？」

「那個你千里迢迢跑來想見的人。」

受到他溫柔的笑容影響，我不由得點頭。

「噢，戀愛啊，好意外。」

「我談戀愛很奇怪嗎？」

「不是你，是夏芽。」

「夏芽不談戀愛嗎？」

「不知道，我們兄妹之間不聊這種話題。不過，照夏芽的個性，我覺得她不是一個好的商量對象。」

我不禁點頭附和，又趕緊否定。

「可是，我只能找夏芽商量……所以才會來這裡……一定要現在商量不可……」

「那，夏芽給了你很好的回答嗎？」

我要殺了你。我得到一個很坦率的回答，但是，我還是想知道。

「秋葉先生有談過戀愛嗎？」

我說出口之後才發現這句話很像電影傳單上寫的老套臺詞，害我臉頰發燙。小孩子純樸的疑問，似乎讓秋葉先生顯得不知所措。

「戀愛嗎……最近沒有耶。」

「有多久了？」

「很長一段時間了。總覺得戀愛這個字已經變成美好的回憶了。」

「你回憶中的那個人，是一個什麼樣的人？」

我目不轉睛地凝視著秋葉先生的臉，並沒有看漏他的眼神投注在某一段過往回憶的那一刻。

軟片發出喀噠喀噠喀噠的聲響，開始旋轉。離心力將堆積的時間塵埃掃去，他的記憶銀幕顯示從3開始倒數。

「是告訴我『真正的幸福』的人唷。」

第二章　春夏秋冬

1

春櫻——牧村春櫻就像是在春天夜空閃爍的處女座角宿一星。

我是在社團的迎新聯誼會上認識春櫻的。四月的日本全國，到處都有這種稀鬆平常的邂逅，但相遇的瞬間就被求婚的新生男生，在日本到底有多少人呢？

我會在四月櫻花盛開的講堂，加入平凡又毫無任何基本知識，甚至一點興趣也沒有的「露營社」，全都是因為我戀愛了。

為了考上大學不顧一切勇往直前的我，在驚蟄（註1）過了一陣子，在昏暗洞穴受到春風氣味引誘而露臉的當下，立刻就被映入眼簾的美麗花朵迷住了。

註1　二十四節氣之一，時間大約是三月五日或六日。

那名美少女是文學系一年級，名字叫作桐原麗奈。我查到她加入了「露營社」，我也隨即加入了社團。

我和同樣就讀工學系的阿神，得意洋洋地一起參加了聯誼。說起來，查到她的名字、得知她加入這個社團的人，也都是阿神。神命，日文發音是 Jin Mikoto，是個很奇怪的名字。我覺得他父母真的很扯，但據說他父親是厚生勞動省的官員。

入學典禮的前一天，我迫不及待地去看工學系的實驗大樓，看到穿堂展示了歷代的畢業製作。天窗灑下柔和日光的大廳，就像沉入海底的古代神殿一樣寂靜。

只不過，穿堂已經有先來的客人，那個人就是阿神。他專注地望著無人探測器的模型機，好像沒有察覺到我站在旁邊。我貼在玻璃上看著擺放在無人探測器旁的小型火箭模型機，過了一會兒，阿神向我搭話。

阿神是個直言不諱的人。一開始我很怕他，因為他的髮型和服裝都像從流行雜誌裡走出來，最重要的是他講話速度很快，而且父親還是官員，買了東京都內的大樓給他。他畢業於關東的高中名校，再加上名字叫作神命，很難叫人不害怕。

但神命只是個附帶很多奢華贈品的人，其實內在是個著迷流行事物、最喜歡女生的平凡人。他從來不會自豪那些外在，或者炫耀他是東京人，他顛覆了我對東京人很冷漠這個既定印象。

「時候終於到了，秋葉。」

「好緊張喔！但是我一定要跟麗奈講到話！」

「我也要跟櫻公主交朋友！」

「櫻公主？」

居酒屋入口擠滿了新生和舊生。

「笨蛋！就是牧村春櫻啊！文學系三年級的，在《Sucre》當讀者模特兒，我們大學裡最有名的人。」

「Sucre是什麼？」

「笨蛋！你連流行雜誌也不知道嗎？就放在合作社最醒目的地方耶！」

我想關東人說的「笨蛋」，和關西人說的「白痴」一樣，是表現親暱的話，但一直被叫笨蛋還是讓我有點不爽。

「是喔？學校裡有模特兒啊？」

不愧是東京。我原本想補上這句話，最後還是沒說出口。向東京屈服，總覺得很不甘心。

「難怪有這麼多男人，原來是這樣，太好了，我的目標是別人。」

「你以為所有人都是你的競爭對手嗎？」

我表情嚴肅地點點頭，我前面的一群女生回頭問我，「你是關西人？」

區區一點關西腔，就是關東人也會很敏感。這種時候只要回答「速啊！」然後惹對方笑一笑就好。但我雖然在關西出生長大，打娘胎就看吉本新喜劇，卻毫無搞笑天分到驚人的地步。

所以對方如果用這種充滿期待的眼神看我，就會讓我很緊張。也是有不擅長搞笑的關西人，就像東京也有毫無美感的人一樣。

「對，這傢伙是關西人，說是東大阪來的。妳們是什麼系的？」

阿神很順利地打入女生群。他很擅長聊天，笑起來又迷人，所以很快就和對方打成一片。我站在笑成一片的阿神等人旁邊，陶醉地望著麗奈。

服務生帶我們到居酒屋的寬敞和室，四年級領頭吆喝著乾杯，宴會開始了。房間一轉眼就被歡聲淹沒。我假裝若無其事，慢慢地換座位接近麗奈。

阿神在另一頭好像說了他畢業於哪所高中，響起了「哇！好強喔！」的歡聲。要是我也有一項自豪的事物，能讓別人發出「哇！好強喔！」的讚嘆，那該有多好？可惜我沒有。

我好不容易占到麗奈斜前方的位子。她一邊喝著柳橙汁，和身旁的女生有說有笑。正當我將從昨天就在腦海裡反覆模擬的場景再演練一遍，下定決心開口時——

「春櫻來了！」有人衝進宴會會場大叫，房間內頓時陷入寂靜。

我完全沒有感受到緊張的氣氛，鼓起勇氣向麗奈搭話，「那個……」

麗奈動也不動，注意力全放在入口。我替自己打氣，再次往前探出身子的同時，和室的拉門打開了。

「呀呵——對不起，我來晚了。」

麗奈像是被那個聲音吸引似地站了起來。她和身旁的女生對看，互相點了點頭後就往聲音的方向跑了過去。不只是麗奈，所有人的行動都一樣。等我回過神時，長桌上只剩下我一個人。

「好了好了，各位，冷靜一下！」

「退後、退後！不要隨便亂摸！」社團的社長和副社長熟練地整理興奮到一湧而上的人群，「總之大家先回座位！」

聽到這番話，低年級的學生們才露出依依不捨的表情回到座位上，而我斜前方的座位坐了一個不是麗奈的女生，麗奈從近到可以講話的距離消失了。

「超可愛的，她的臉好小喔！」

「腰部的高度完全不一樣，好像洋娃娃。」

「比雜誌上看到的可愛好幾倍。」

左右的女生們嘰嘰喳喳。坐到對面桌子的麗奈也雙頰泛紅，和旁邊的女生交頭接耳討論著。

「來吧！各位同學久等了，我們社團的櫻公主隆重登場！」

吆喝著乾杯的四年級學長拉開嗓門，嬌喘聲和野獸的吼叫聲響遍房間內。

「喂喂，叫什麼公主啦！你們平常對我的態度根本不是這樣，想釣新生上鉤是不是？」

一個響亮的聲音走進房間中央。高年級生們把聲音的主人團團包圍。我看不見本人，但後頭跟著一個高出一個頭的大個子，簡直像知名政治人物身後的貼身保鑣。

她有著一頭剃得很短的銀色頭髮，瘦削的輪廓看起來很中性，像男又像女。社長領著她走到桌子之間，身後跟著像是保鑣的人，周圍的人投以羨慕的眼神。

這個入場方式的確非常適合公主這個稱號，但對我而言，她就像奪走真正公主的可惡魔女。

「請妳自我介紹吧。」

「大家都講過了嗎？」

「講了講了！」明明沒有，這樣的回答卻此起彼落。

「那，我就當社團的壓軸。」

她一舉起手，當盾牌的高年級生們便一起坐下。忽然出現在視野中心的魔女，是一個會讓心臟擅自轉兩圈的大美女。

我從來沒有看過臉蛋這麼小的人。如果她這樣算普通，那現場的所有人要不是太疲勞導致水腫，要不就是得了腮腺炎。小小的面積裡有一雙大眼睛、細長的鼻子，還有嘴角上揚的雙唇。

她的皮膚上沒有任何一顆青春痘，就像瓷器般光滑。儘管穿著普通到不行的格子襯衫和牛仔褲，看起來卻很時尚，一定是因為她的身材非常出色，任何衣服都能駕馭。

「大家好，我是牧村春櫻，文學系日本文學科三年級。寫作春天的櫻花，念作**Haruka**，請多指教。」

我完全被她的氣勢壓倒。麗奈被搶走的憤怒消失無蹤，甚至覺得獲得她的原諒是一種不懂分寸的想法。

「春天的櫻花，人如其名啊。」某個人喃喃說道。

她的確是歌頌春天的盛開櫻花，因此，在櫻花下方的平民們才會陶醉地仰望。

「春櫻，妳坐這裡。」

她靠近只有社團幹部聚集的桌子，新生們的目光全都追著她跑。

「秋葉、秋葉！」

一回頭，阿神靠了過來。

「欸，我們去春櫻那裡吧！」

「不好吧？那一桌都是學長姊，你自己去啦！」

「不行，我需要你。」阿神把臉湊近，用嚴肅的眼神盯著我，「你有一個非常厲害的武器。你和她的共通點，能一瞬間讓她留下良好的第一印象。」

「我才沒有那種東西。」
「總之跟我來就對了！」
他硬是拉起我的手臂，我們朝以牧村春櫻為中心的那一桌走去。
二、三年級露出賊笑看著我們，八成是在等一齣看我們如何被打敗的好戲。每個人的心都被牧村春櫻奪走還拿不回來，現場充滿不安的氣氛。
牧村春櫻坐的那一桌，除了有社團幹部，還有疑似保鑣的人。走近一看才發現那人雖然髮型和服裝都很男性化，卻是個貨真價實的女性，讓她唱龐克搖滾一定會迷死很多人。
她朝我們瞪了一眼，比起麥克風，那充滿破壞的眼神更適合手槍。我覺得很害怕，拉了阿神的襯衫下襬；但阿神只拿出他和藹可親的笑容做為武器，手無寸鐵就跳進高年級學生的小圈圈裡。
「大家好，我叫神命，是工學系的。神佛的神，性命的命，念作 Jin Mikoto。他叫羽田秋葉，也是工學系的。羽田機場的羽田，秋葉原的秋葉。」
「神命，這是本名嗎？」
一臉精悍的社長目不轉睛盯著阿神的臉。
「羽田和秋葉原，兩個都是車站名嘛！」
大概是阿神的敘述方式造成了誤會，圓滾滾的副社長一笑出來，整桌都跟著大笑。但牧村春櫻對這件事完全不笑。不是因為不好笑，而是她正在看菜單，根本沒注意聽。

「既然有羽田和秋葉原，中間應該加個品川啊！」

「喂──有沒有誰姓品川？」副會長用帶著輕蔑的聲音吵嚷著。

「不是秋葉原，是、秋、葉。秋天的葉子啦，秋葉。」

就在別人連續呼喊我的名字時，我忽然想起了妹妹。

妹妹──夏芽有沒有認真上學呢？

她從去年冬天就一直很期待升上小學，但到了春天，一得知我會離開家裡，她就把新買的書包從窗戶扔出去了。

「你不可以去東京！」夏芽摟著我的腿哇哇大哭。當時她小手的觸感還留在我的大腿上，我用力咬緊了臼齒。

「你的名字寫作秋葉？」

一個清澈的聲音中斷了我的思考。笑聲頓時靜止。一抬起頭，就看到牧村春櫻筆直地凝視著我。

「對啊！牧村學姊是春天的櫻花，這傢伙是秋天的葉子。就像牧村學姊是春天出生的一樣，這傢伙當然也是秋天出生的！」

阿神說要利用我接近她，原來就是這個理由？照這個情況，我的任務到此結束了。既然已經引起了牧村春櫻的興趣，接下來阿神應該會看著辦吧？待在一群學長姊之中實在坐立難安，況且我今天最大的任務是向麗奈搭訕。

我認為沒我的事了，從椅子一抬起屁股，牧村春櫻就從桌面往前探出上半身，抓住了我的襯衫。

「秋葉，我們結婚吧！」

「啥？」

「請你和我結婚。」

「妳說結婚，是嗎？」

「對呀，春天和秋天，我們一定可以相處得很融洽！」

我覺得我們根本正好相反，不會有交集，但眼前的她就像是發現了新星的天文學家一樣，雙眼閃閃發亮。

我看到疑似保鑣的女生目瞪口呆，兩秒鐘之後，傾盆暴雨般的駭人怒吼，響遍了室內。

2

進入五月後，我開始在圖書館打工。

家裡供我來東京求學，但給的生活費不夠支付興趣和社團的交際費，這種話我實在說不出口。我很清楚自己不適合接待客人，而圖書館就在大學隔壁，加上我很喜歡書，這份兼職再適合我不過了。

「羽田，請你去整理歸還的書籍，新書也麻煩你了。」

職員美智小姐吩咐我，我便走出了櫃檯。我在地毯上推著安靜前進的推車，前往書櫃森林。

平日下午的圖書館，人潮三三兩兩，非常安靜。常客組的中年男性們一如往常地各自占好地盤，一如往常地看著報紙或雜誌。也有幾名零星的年輕女性，但模樣看起來不像學生。每當和她們擦身而過，我就會想像她們到底從事什麼工作？

我從推車拿起厚重的書，放回書櫃上。借閱《世界大咒文全集》這種書，到底有什麼目的呢？我很喜歡這段時光，在寂靜中思考這些無關緊要的事。

在雜誌區排放新書時，我的目光在流行雜誌上停了下來。用活潑字體寫著「Sucre」的封面上，有昨天在學校碰到面的那個人。

我突然被求婚後過了一個月，她動不動就會跑來工學系的校舍，掀起一陣騷動後再離開。所謂的騷動，就是一看到我就說「我們結婚吧！」，對於整個環境只有男生而感到厭煩的工學系學生來說，她帶來的刺激實在太強大了。

「秋葉。」有人忽然從背後叫我，一回頭就看到和手上雜誌封面一樣的臉蛋。

「牧、牧村學姊……」

「你幾點下班？我今天不用工作，要不要一起吃個飯？」

「不要。」

「那，我們去買東西？」

「也不要……」

「那，我們結婚吧？」

「就說了不要嘛！」

我口氣一強硬，看報紙的老人家便把頭抬了起來，發呆的他表情就像被雷打到似的。美得過火的美女，對老人家的刺激也很強。

我將雜誌放回書櫃，用推車把春櫻逼到書櫃另一頭。把她帶到沒有人的區域後，我很露骨地嘆氣給她看：「學姊。」

「我說過了，叫我春櫻，秋葉。」

「牧村學姊。」我刻意強調學姊二字，「我不會跟學姊吃飯，也不會跟妳去買東西，所以也不會結婚。」

「為什麼？」

「我已經講過好幾次了，我有喜歡的對象。」

「桐原麗奈。」

「沒錯，就是她，拜託妳不要糾纏我。」

「可是你對桐原麗奈是單戀吧？這表示我還有機會呀！」

從來沒有被人甩過的美女，思考迴路不具有消極的感覺。因此這一個月來，我們不斷重複著同樣的爭論。

「沒有機會，我不會喜歡上妳。」

「為什麼不會？秋葉，你根本不認識我啊。」

「我認識啊。妳是流行雜誌的讀者模特兒，部落格造訪人數跟藝人差不多；妳在部落格推薦的商品，當天就會賣光，對吧？」

「你看過我的部落格？」

「沒有，我只是跟朋友確認，問妳有沒有寫到我。」

「我才不會做那種事，我知道寫了會給你添麻煩。」

「妳已經給我添了很大的麻煩。」

我忍耐不說出這句話，冷靜且公事公辦地應對她。我這一個月的心得就是，不能讓這個人看到我天真的一面。

「其他的呢？」

「這個月的《Sucre》最前面有妳的特別企劃。」

「你看過了？」

「在排新書時要檢查有沒有髒汙，我只是在那時候稍微翻了一下。」
「還有呢？」
「妳和同系的藤井華夜最親密。妳們從國中就是朋友，聽說也是她幫妳應徵讀者模特兒的。」
「對呀！我在找打工，結果她就擅自幫我寄了履歷。」
「我知道的就是這些。」
「你了解我好多事喔，我好高興。」
「我並不是想知道才知道的，只是身邊的人說的話就會傳到我耳裡。」
即使我試圖用厭煩的口氣說話，但春櫻似乎沒有感受到我的疲憊。她純真開心的模樣雖然令人火大，但實在太天真無邪了，看起來反而很可愛，讓人覺得很悶。
「羽田，你在做什麼？」美智小姐從書架另一頭探頭看，露出詫異的表情。
「不好意思，我馬上回去。」我連忙回應。
站在我身邊的春櫻向她鞠了個躬，美智小姐只瞄了一眼就不高興地抬起眼鏡離開了。春櫻的可愛似乎對五十多歲的大嬸起不了作用。
「總之，我還在上班。」
「嗯，對不起。我會等你下班。」
「就說了……」

「欸，秋葉你推薦哪一本書？」
她是白痴嗎？是那種因為長得漂亮，受人百般寵愛，所以腦子少根筋的類型嗎？要是繼續陪她混下去，我又會惹美智小姐生氣。
我抽起正好放在推車上的文庫本遞給她。
「亞瑟・克拉克？」
「雖然算不上推薦就是了。」
我把《童年末日》（Childhood's End）遞給她，推著推車回到櫃檯。
圖書館職員美智小姐是個對工作很嚴厲的人。剛來這裡打工時，我無論做什麼都好像被監視，讓人非常焦慮。但習慣後就會發現和她共事非常輕鬆。美智小姐的優點就是做錯事情會生氣，但她會一邊生氣一邊動手做，不會讓人洩氣。
我辦好客人的借閱手續後，便向美智小姐道歉。
「那個女生常常來，是你的女友嗎？」
「不是，該怎麼說呢……」
她向我求婚這種話，我實在說不出口。
春櫻很安分地坐在閱覽區的沙發上看著文庫本。
「她長得真漂亮。」
美智小姐難得對書以外的事物產生興趣。

「聽說她是模特兒。」

「噢，好厲害喔！」

「她真的很厲害。明明那麼優秀，為什麼要看上我……」

「你很困擾嗎？」美智小姐問道，我曖昧地笑了笑。

我沒辦法做出得體的回答，又推推車離開了櫃檯。等我回來後，美智小姐應該不會繼續追問下去吧？

下班後，我去置物櫃拿了隨身物品回到館內，發現春櫻把書抱在胸口睡得很香甜。就像我妹妹還小時，我會在枕邊念故事書給她聽。春櫻的睡臉就像是出現在故事書中的公主。

我無法理解為什麼她要糾纏我。我頂多是個適合扮演三號士兵的人。因為她對我太執著了，周圍的人都謠傳我是個很厲害的人物，但我卻沒有可以隱藏的鬼牌或黑桃A。

經過我身後的人叫了一聲：「哇！美女！」，我慌張地猛搖她的肩膀，讓春櫻嚇醒了。

「啊，秋葉。」

「請妳不要光明正大地在圖書館睡覺。」

「我好久沒看小說，看著看著就好睏。」

「好歹妳也是文學系的。」

「對不起。」

我和借了《童年末日》的春櫻肩並肩走出了圖書館。

是不是送她到車站比較好？還是說，她該不會想跟我回家吧？

圖書館前的步道，等距的路燈亮起了橘色燈光。與讓人想起初夏的白日不同，春天尾聲的冷風陣陣吹過。

「秋葉喜歡這個作家嗎？」

「呃，算吧……」

「那你還喜歡誰？你都看什麼書？」

「多半是科幻小說，還有宮澤賢治吧？」

「你喜歡吃什麼？」

春櫻問了好多像國中生一樣的問題，讓我思考該怎麼回應她。可以的話，我希望在燈光消失處，和她乾脆俐落地分開。

「喜歡吃什麼……烏龍麵吧？」

「我也喜歡烏龍麵，夏天吃鍋燒烏龍麵最棒了。」

「咦？我也喜歡。在炎熱的天氣一邊吹一邊吃，那樣超好吃的。」

「就是啊！一邊吹著熱呼呼的麵一邊吃，真的很好吃。秋葉你喜歡半熟蛋，還是偏硬的？」
「我一定要偏硬的。」
「我也是！最後把蛋黃拌在湯裡，一起喝超好喝的。」
「沒錯！」
「可是大部分的人都說夏天吃什麼鍋燒烏龍麵，匪夷所思。」
「對對對，他們才讓人匪夷所思咧！」
話一說完我就噤聲了。現在不是跟她和樂融融、有所共鳴的時候。
「秋葉，你說你老家在大阪對吧？在哪一帶？」
都怪一鬆懈就脫口而出的關西腔，春櫻繼續問問題，於是我停下了腳步。要是走到大馬路，想必還有很多大學同學在。我可不希望繼續當校內八卦的犧牲品。
春櫻前進兩步後就停下來，回頭看我。我的心情就像是在欺負純潔的幼貓。即使如此，我還是得說清楚，畢竟她沒有洞察的能力。
「牧村學姊，妳可不可以不要再這樣了？」
「這樣是哪樣？」
「就是來我打工的地方，或是工學系找我。」
「為什麼？」

她的毫無防備讓我煩躁。

「我不會喜歡上妳，也不會跟妳結婚。」

「我是春天的櫻花，你是秋天的葉子，我們的組合如此完美。」

「只有名字完美啊！」

我提高聲調，春櫻的臉上便失去了笑容。冰涼的風，吹動著春櫻的雪紡紗裙襬。

這些話，其實我想傾訴的對象並不是她。

——你是秋天出生的秋葉，所以夏天出生的孩子，就取作夏芽吧！

第二個成為我父親的人靦腆地這麼說。母親非常開心，說這是個好主意，他們強迫我接受只有兩人互相分享的幸福，讓我不知道該怎麼回答。可是，看到母親非常寶貝地撫摸著脹大的孕肚，對它喊著夏芽，我就很難開口叫他們不要取這種名字。

我和妹妹只有名字強調我們是兄妹。我們之間缺了一半的血緣，用名字彌補了。

「光有名字我就心滿意足了。」她對咀嚼著過去苦澀的我，輕聲地喃喃說道：「人家想要秋天嘛！」

「到底是怎麼回事？」

「聽說你有一個妹妹叫夏芽，而我有一個姊姊叫冬月。」

「所以呢？」

「坦白說，夏天也可以。但是你同時擁有秋天和夏天，這樣就湊齊了。」

「春夏秋冬是嗎？」
「對呀！銜接春天和冬天的，就是夏天和秋天嘛！」
我無法理解她說的話。但春櫻的眼神充滿了自信，簡直在說這就是答案。

3

銜接春天和冬天的，是夏天和秋天。
後來，我一直在思考這句話的意義。
「秋葉，借我抄物理學的筆記。」
難道說，她真的只是喜歡我的名字，才會纏著我？這樣太瘋狂了。
「欸，秋葉。」
湊滿春夏秋冬後，接下來又有什麼？
「喂！秋葉！」
後方傳來大吼聲，我嚇得彈了起來。
「秋葉，你怎麼了？是櫻公主的粉絲又對你酸言酸語嗎？還是有人在論壇寫了十次叫你去死？」
「那種小事我已經習慣了……」

阿神在我隔壁的座位坐下，用手撐起臉頰，對我露出憐憫的眼神。

「已經習慣有人講你壞話了嗎？」

「我根本沒有看論壇。」

「我現在也不看了。只會叫你去死，好無聊。」

「壞話只有笨蛋、白痴、去死。」

「還有噁心、土包子、陰沉。」

「無所謂啦！我沒空計較那麼多。」

「我也覺得，取笑你我也取笑膩了。欸，借我抄物理的筆記。」

一開始，阿神對於把我帶到牧村春櫻面前這件事氣到跺腳，非常不甘心，但他還是願意當我的朋友。不過，他和聽聞我八卦、跑來看熱鬧的幾個女生勾搭在一起，這點倒是很老奸巨猾。

「秋葉的筆記真的簡單易懂，比教授寫在黑板上的還好。」

我一邊撐著臉頰，一邊低頭看阿神的筆記本。他比我更了不起，把我的筆記更精準地整理出重點。他借筆記不是因為上課偷懶不抄筆記，而是上課時在專心聽教授講課，所以不抄筆記。

換句話說，他把上課內容全部輸入腦子後，再拿我的筆記當作基礎，接著輸出，只把縝密的要點寫在筆記本上，就是阿神的做法。

「等一下你的筆記借我。」

「才不要，誰會把筆記借給競爭對手啊！」

「對阿神你來說，我是競爭對手嗎？」我發愣問道。

「升上二年級後選航空宇宙工學課程的人，不到整個工學系的一成耶！我對一臉白痴地盯著小型火箭的你，產生了危機意識啊！」

那是我和阿神的第一次接觸。

「春櫻已經被你搶走了，要是我連成績都輸給你，那就太慘不忍睹了。」

「我沒有搶走她，而且她也不屬於你。」

「春櫻也真是的，為什麼偏偏選你呢？」

銜接春天和冬天的，是夏天和秋天。我反覆回味她說的話。

「單純因為我是她喜歡的類型，你不覺得嗎？」

「絕對不可能。」阿神斬釘截鐵地否定後，闔上了筆記本，「不過，如果春櫻是非常喜歡宇宙的人，或許會對你產生興趣。」

「那個人才不會一臉白痴地盯著無人探測器的模型機。」我回擊道，阿神笑逐顏開。

「不管怎樣，我想是公主心血來潮啦。」

「我巴不得她的心血來潮趕快結束。」

教室後方開始有人議論紛紛，我們很自然地不再談論她的話題。

在工學系裡，我是最討人厭的人。「有礙眼的傢伙耶！」，後方傳來低水準的閒言閒語。如果我坐在中央和後方的座位，上課會受到妨礙；所以無論哪一堂課，我都會占住講桌前的位子。

阿神一如往常，自然而然地坐在我旁邊。我以為他這麼做是因為把我當朋友；所以聽到他說我是競爭對手時有點受傷。不過，阿神說得沒錯，每次晉級就要經歷嚴格的篩選，為了我們明確的目標，根本沒空被牧村春櫻的心血來潮耍得團團轉。

我從包包裡拿出筆盒和課本時，大概是被課本一角勾到了，有個小袋子掉在我的腳邊。

「秋葉，好像有東西掉了。」阿神話還沒說完，我就迅速撿起來塞回包包裡，「護身符嗎？」

「算是吧。」我露出微笑。

教授走了進來，阿神沒有繼續追問。我沒必要提心吊膽，這不是犯罪證據，也不是性癖好的道具。那是從小學時期就放在我書包裡的小麻袋，裡面裝著六角形的螺栓。

是我父親——不是戶籍上的父親——所做的螺栓。

被螺栓喚起的回憶一湧而上，教授的聲音就像肥皂泡破掉一樣完全聽不見。

我越告訴自己別去想，意識就越回到那一天。

我握住自動鉛筆，身體僵硬。一閉上雙眼，年幼的妹妹就出現在我眼前。

4

高三的冬天，很難得在寒假前積雪了。

那天早上我非常煩躁（可能是因為最後一次模擬考考得很糟），我把螺栓連同袋子從教室的窗戶扔了出去，東西掉在沒有人留下腳印的雪白校園。

拋棄和失蹤父親的回憶之物，對我來說近似一種自殘行為。進入青春期後的我，不斷重複著衝動丟棄螺栓，接著又撿回來，然後又丟棄的行為。

我斜眼看著其他學生因難能可貴的雪景而興奮踏雪的樣子，一邊踱步走回家。拚命壓抑自己別去找被我丟棄的螺栓。

「你回來啦，秋葉。」

「回來啦，哥哥。」

母親和妹妹一如往常迎接我。

母親說要去買東西，妹妹回答說她有想看的電視節目，要和我一起看家。我們把腳塞進客廳的暖桌裡，妹妹看動畫，我則是凝視著天花板。

小我十二歲的妹妹，六歲的夏芽正值可愛的時期。

為了讓她開心，每逢假日全家人一定會出遊。我小時候沒有去兜風或是去遊樂園的習慣，到現在還是不習慣「這個家每個假日要和家人度過」的生活形式。雖然他們在我上高中之後，就沒再硬要我非去不可就是了。

「哥哥，夏芽在幼稚園畫了圖喔！」

大概是動畫播完了，夏芽已經坐到我的旁邊。我躺著仰頭看她親手交給我的圖畫紙。

「我畫了哥哥，很像吧？」

夏芽像父親，有著繪畫的才華。如果笑我只是偏袒家人，那也無可奈何，但我真的很佩服她不管畫什麼都很厲害。但那天不一樣。

「要我們畫最喜歡的家人，所以我畫了哥哥。」

夏芽用大大的瞳孔俯視著我。她的長髮像兔耳朵一樣綁成兩邊，並用一無所知的表情笑著。

「要畫家人的話，應該畫爸跟媽啊。」

夏芽纏著爬起來的我，我真的打從心底感到厭煩，而且充滿憎恨。

「為什麼？哥哥是家人啊！」

我的腦海深處對這道無邪的聲音感到有些煩躁。

我不禁想，為什麼我會在這裡？這裡不是我出生的家。

眼底有橘色的亮光閃爍。

這時候，我的六角螺栓應該被人踩踏，埋進土裡了吧？這樣就好。我希望它變成這樣，再也不要出現在我面前。父親打磨螺栓，黑到發亮的指尖，襯衫被汗水溼透，緊緊黏在背上，刨鐵的尖銳聲音、金屬與汗水的氣味、鑽石星塵般的粉塵、像仙女棒一樣的橘色火花。

「哥哥？」

絕望降落在突然裂開的洞穴。

十歲的某一天，因為突然失去父親的震驚，讓我將雙手埋入突然被開啟的洞穴，並發現洞裡沉積了滿滿的冰冷絕望。我用手掬起那些黑暗，接著潑灑在眼前的妹妹臉上。

「哥哥我和夏芽只有一半的血緣關係，我們的爸爸是不一樣的。」

我撕破了掌握特徵的肖像畫，留下夏芽離開了家門。然後趴在夜晚的校園，找著六角螺栓。

當寒冷讓我喪失平衡感時，我終於找到了螺栓。把它緊握在手心後，我哭了。全身被雪和泥土弄溼，呼喚著「阿爸」的聲音，被聳立的漆黑校舍吞沒之後消失了。

無論什麼時候，我的聲音都傳不出去，總是讓我備受屈辱。

夏芽沒有問父母親我說的話是什麼意思，就連我撕破的圖，甚至是畫了圖這件事實都完全消失。她雖然還小，卻也沒本能地無理取鬧，而是靠感覺得知那大概是件觸霉頭的事。

只不過，她比之前更纏著我不放了。

如果陪她玩，她就會興奮到像發瘋似的；如果我躲著她，叫她不要妨礙我念書，她就會發脾氣大哭。她還曾經從幼稚園脫逃過一次，引發軒然大波。據說她在派出所大吵大鬧說要去哥哥的學校。

趁夏芽睡午覺的時候，我離開大阪來到了東京。

就這樣一直將受傷的她棄之不顧。

下課後，阿神幹勁十足地走了，說要和女生去夜店。

今天我沒有排打工，那去天文館好了。心靈和腦子都像梅雨時期的抹布一樣溼透了，需要提振一下精神，而那裡是安詳之地、是加油站，同時也是逃避的好地方。

離開正門時，後面有人叫住了我。回頭一看，桐原麗奈站在那裡。

認識一個半月了，雖然已經進展到會說一些打招呼的話，但這還是她第一次叫住我。

「秋葉，春櫻今天人呢？」她用圓潤的聲音問道。

第一次看到她穿短袖，讓我的平常心瓦解了。從清爽的淺藍色輕飄飄洋裝露出的纖細手臂和雙腿都相當水嫩，害我不知道該看哪裡才好。

「欸，春櫻沒有和你在一起嗎？」

她似乎等不及我回答，又問了一次。有別於麗奈文靜的長相，她的個性似乎有點急躁。為了不讓她等太久，我回答得很快速。

「我們今天沒有待在一起，沒看到她。」

「這樣啊。我聽說她傍晚之後要去拍攝，還以為她有來上課。」

「妳想找她？」

我的標準語就像出現在外國電影中，日本人說日語一樣地生硬，而且語尾還有些顫抖。

「我拜託過她，要她下次帶我去拍攝現場。」

「原來是這樣，真可惜。」

「唉唉！枉費我今天打扮得特別用心。」

「真的很可愛呢。」

「欸，秋葉，你知不知道春櫻的聯絡方式？有沒有辦法聯絡到她啊？」

「嗯，知道喔。」

為了炒熱毫無高低起伏的對話，我從口袋裡掏出手機。而麗奈的表情頓時發亮。

「謝謝你，秋葉！」

露營社在黃金週去露營時，春櫻硬把我的手機搶走，擅自把自己的電話號碼新增到我的通訊錄裡，而且沒有經過我的允許就搶走了我的號碼。對於她傳來的郵件和電話，我決定一律無視，沒想到她的聯絡方式竟然在這裡派上了用場。

我第一次感謝了春櫻。

「桐原妳今天一個人嗎？」

「嗯——我今天本來打算要去拍攝現場。」

「妳要去看牧村學姊拍攝？畢竟是流行雜誌，會感興趣也是正常的。」

麗奈把春櫻的聯絡方式輸入手機後，就把我失去用處的手機還給我，接著非常有效率地用另一隻手開始寫郵件。

「那個，桐原，方便的話，把妳的電子信箱……」

「謝謝你，秋葉。再見喔！」

她面露微笑，匆忙地穿過正門離開。

方便的話，把妳的電子信箱告訴我好嗎？順便等一下一起去喝個東西？

如果是阿神，這些話他一定能輕易說出口。春櫻的話，不用她主動邀請，對方應該也會開口。無論何時，我總是非常膽小，言語無法化為聲音。

能夠淨化巨大憂鬱的地方，終究還是只有天文館。

5

幾天後，在工學系校舍前等著我的人，不是春櫻，而是她的朋友藤井華夜。

「羽田，過來一下。」沙啞的聲音從上方傳來，充滿了壓迫感。

她的祖母是俄國人，手腳的尺寸都比日本人大很多。染成銀色的極短髮下，脖子雪白到刺眼，這個人總是陪在春櫻身邊。

她那看不出本性的冷酷，讓我不知道該怎麼應對。

一走到運動社社辦所在的校舍旁，她就轉過身來。她不但身高比我高五公分，還穿著鞋跟有十公分高的靴子，讓我必須仰頭看著她。暗灰色的眼睛，讓我聯想到附近那片大人們警告不准靠近的水池。

「請你不要隨便散播春櫻的個人資訊，好嗎？」我忽然就被她切入重點，乘虛而入，「你告訴桐原了對吧？」

「啊，對。」

「還有告訴誰？」

她的口氣就像在審問我，我趕緊否定。

「我沒有告訴別人。」

「那就是桐原散播出去了。」

華夜咂了嘴，瞪著天空。

「請問，妳說散播是怎麼一回事？」我戰戰兢兢問道。

華夜流露出足以呼喚暴風雪的殺氣狠瞪著我。即使如此，我還是鼓起勇氣再問一次……「桐原做了什麼嗎？」

「從前天開始，春櫻就收到來自陌生人的郵件，而且非常多。」

「為什麼這件事和桐原有關係？」

「桐原寄了信，說她想參觀拍攝現場。春櫻拒絕了。但是，桐原那傢伙說她會和羽田一起去，說是你想看現場的情況。」

「我沒說！」

華夜點點頭，有點敷衍大聲吼叫的我，揉捏著眉間試圖讓自己冷靜。

「春櫻聽到你的名字就答應了，開心地說你終於對她有興趣。結果她答應後，來到拍攝現場的人只有桐原，而且她還開始對編輯推銷自己。」

「桐原要當模特兒嗎？」

「怎麼可能當得了。」她回答得斬釘截鐵，讓我有點生氣。

春櫻的美貌確實相當出眾，但我不認為麗奈比不上她。

華夜嘆了口氣，似乎看穿了我的心。灰色眼睛上緊緊黏著對我的輕蔑。

「春櫻之後打算要加入經紀公司，如果有人做這種沒規矩的事，會破壞她的形象。」

「妳的意思是桐原的行為很沒規矩？」

「她想靠關係當模特兒，實在太天真了。看在春櫻的面子上，編輯不方便隨便應付她；看在你的面子上，春櫻也不好意思不理她，只好居中幫忙，替靠旁門左道跑來現場的桐原和編輯協調。」

聽到她說是看在我的面子上，我就沒辦法反駁了。

「但是，當編輯拒絕桐原後，春櫻就立刻收到大量騷擾的郵件，這根本就是遷怒。」

妳把怒氣發在我身上，也是一種遷怒吧？

雖然很想回嘴，但我想她會加三倍奉還，或是用那雙看起來很硬的皮靴踢飛我，我就把話吞回去了。在我大半輩子的人生中，把話吞下去的經驗一直都比多說話好。

「對不起。」

我大致理解她叫我出來的原因了，道歉歸道歉，但我也小心地不讓她發現到，我並沒有真心誠意。畢竟我的確把春櫻的個人資訊告訴了麗奈，這是不爭的事實。

我想快點圓滿收場，從被藤井華夜鎖定的情況解脫。再說，等一下我還得去打工，遲到會讓美智小姐臭臉，並不是明智的舉動。

「我也會向牧村學姊好好道歉。桐原那邊該怎麼處理才好呢？是不是應該由我去……」

「我們會自己處理，我只是想確定你有沒有把春櫻的個人資訊，告訴桐原以外的人。今後請你不要再把她的個人資訊外流，如果你不需要就刪掉，這樣對春櫻比較好。」

「我明白了。」

就算我單方面刪除，春櫻也知道我的聯絡方式，狀況並不會有什麼改變。但想歸想，我還是沒有說出口。我稍微鞠了躬，轉身要離開。

藤井華夜丟下一句：「你真是一個無趣的男人。」

當下我沒聽懂她說什麼，只是回頭看她；華夜用鼻子哼了一聲，臉頰抽搐，她的冷笑就像烙鐵一樣，烙印在我的眼底。

——無趣的男人。

對方突然拋下的這句話，起初只有一張面紙的重量，隨著時間流逝越變越重。兩個小時後，已經變得像從天而降的隕石般，將我擊個粉碎。

慘遭打擊後，下一秒湧現的就是氣到想跺腳的懊惱。我推著放置已還書本的推車，哀傷與憤怒不斷交替出現。

被牧村春櫻纏上之後，我在心裡創造了一個類似垃圾場的地方。把他人對我的中傷、侮辱、批評及人格否定，全都丟在那裡。每天晚上，我會用雙腳把垃圾踏得更緊實。只要不去看，逐漸變成地層的垃圾感覺只有一片寧靜，但華夜把隕石砸進了那塊園地。

垃圾氣勢十足地飛舞起來，人身攻擊在我的內心大合唱。

華夜的冷笑在我眼底無法抹去，我緊握住手上的硬殼書，用力咬緊臼齒。

「羽田，你來一下！」我一回頭就看到兼差的阿姨，她一邊揮手一邊朝我走過來，「你說你會英語對吧？」

櫃檯前站著一個外國人。

「你幫忙帶他去歐美書籍那一區。」

「知道了。」

我把訪客帶到歐美書區，幫他找到他想看的書。看似商務人士的他非常開心，還爽朗地誇獎我英語說得很好。辦好借閱手續並目送他離開後，不只是兼職阿姨，就連圖書管理員和職員們也都稱讚我，直說幸好有我在。

我不想讓大人們看到我的笑容，便去整理碰巧映入眼簾的書櫃。但我開心到差點哼歌，覺得自己的單純很好笑。

我的英語是自學的。雖然很想去上英語會話班，但我不敢向父母開口，只好認真聽電視或廣播節目的講座，穩紮穩打地學習。

外國客人療癒了我大受打擊的心靈。雖然我也覺得自己很單純，但比一直無精打采要有建設性多了。

經過雜誌區時，看到最新一期的雜誌從書櫃上掉了下來，於是把它放回原位。旁邊擺放著《Sucre》，雖然這個月的封面人物不是她，但上面大大刊登著她的名字：「絕對要學！小春的一星期搭配術」。

我隨手拿起來翻閱，看到牧村春櫻穿著很適合麗奈的衣服，笑著擺姿勢。比起春櫻，麗奈穿起來一定很適合，本來就應該讓她當模特兒才對。我邊想邊翻到下一頁，看到春櫻穿著淺藍色的洋裝，站在海邊的照片，和麗奈是同一件。

雖然很不想承認，但春櫻的美貌確實氣質出眾。看到這種照片，或許真的會想買同一件衣服，或是嚮往這個圈子。

思考著該怎麼寫信向牧村春櫻道歉，讓我開始頭痛了起來；正當我越來越覺得麻煩時，收到了她傳的郵件。

『明天有空嗎？』以往我一定會視而不見，『下午有空。』但我今天第一次回信了。

沒過多久，她就回覆了。文字閃爍得像跑馬燈流過，還有愛心蹦蹦跳，充滿過度的裝飾，彷彿可以透過手機畫面，看到春櫻在另一頭的燦爛笑容。

我不由得覺得她很可愛。

那是我們第一次相約見面。我來到她指定的車站前，春櫻已經先到了。她比約好的時間早了很多，我感受到春櫻的幹勁，有點害怕。總之我已經做好心理準備，今天要陪她一整天。

無論春櫻說什麼，我都必須冷靜應對。設下防線的同時，也想到我不知道有多少年沒有和女生單獨外出了。

「不好意思，讓妳等這麼久。」

春櫻抬頭看我，先是愣住，接著便露出笑容。看得出來我確實赴約讓她鬆了一口氣。

「要去哪裡呢？」

「隨便哪裡都可以。秋葉你想去哪裡？」

「我對東京還不熟。」

我忽然心跳加速，講話速度變得很快。

春櫻穿了雪紡紗襯衫搭配緞面裙，還有顏色像草莓牛奶的涼鞋；服裝和走在附近的女孩子沒什麼不同，卻比任何一個路人都引人注目，她有著過人的存在感。

「那就去我想去的地方，可以嗎？」

春櫻徵求我的許可後，搭上了山手線。因為是用ＩＣ卡通過驗票口，我並不知道她打算去哪裡。

春櫻全身上下沐浴在乘客肆無忌憚的眼神下，目不轉睛地仰頭看著我一人。這已經超過難為情的程度，我恨不得有個洞可以跳進去。親眼目睹春櫻過人的存在感，剎那間我化身為會走路的自卑感。

「習慣學校了嗎？」

「嗯，還可以。」

「校園很大，會不會迷路？」

「我在校園裡沒有迷路過。」

「看來秋葉不是路痴。我啊，到現在還是會迷路，華夜不在的話根本沒辦法。」

「所以妳們才會老是在一起啊。」

「你把華夜講得好像導航喔！」

春櫻咯咯笑了。我也想笑，但臉頰僵硬得動也動不了。

春櫻好像完全感受不到我的緊張，繼續往下說：「在圖書館工作開心嗎？」

「是啊，還算開心。」

「我看了科幻小說。」

「亞瑟・克拉克？還是詹姆斯・霍根？羅伯特・海萊因？菲利普・狄克呢？還是雷・布萊伯利？」

春櫻不停眨眼，於是我閉上了嘴。

電車晃動，她下意識地用指尖抓住了我的T恤，讓我感覺皮膚下竄過了電流。春櫻找到平衡後，立刻放開了手。

「原來有那麼多推薦的作家啊！」她若無其事地苦笑道。

稍微抓住男人T恤的邊邊，對她來說是家常便飯嗎？還是說，她熟知這種細微但充滿女人味的柔弱動作能瞬間抓住男人的心，才刻意用這一招？

怎麼可以輕易中招！我重新築起心防，別開視線，試著把坐在對面的女生想像成麗奈，以免忘記麗奈才是我喜歡的人。

「秋葉最喜歡的書是哪一本？」

我展開最大限度的警戒，她卻巧妙地像駭客一樣，在我的腦子裡埋下病毒。她的大眼睛凝視著我，讓我頭暈目眩。

「《銀河鐵道之夜》。」

「也是科幻小說嗎？」

「不是，是宮澤賢治。」

「那，下次我借那一本。」

「去圖書館借？」

「你願意私底下借我嗎？」

「麻煩妳去圖書館借。」

春櫻一臉遺憾地嘟起嘴。這時候車廂又搖晃了，她再次失去平衡，抓住了我的T恤。我就像碰到水的貓一樣抖了一下。還沒有抵達目的地，我已經把一整天的熱量都消耗光了。

春櫻下車的地點是秋葉原。她明明說在大學校園會迷路，卻踩著毫不猶豫的步伐，在迷宮般的岔路前進。她好像很常來這裡，讓我覺得很突兀。我一邊思考模特兒和電器街的共通點是什麼，一邊緊跟著春櫻的背影，免得最後換我迷路。

來到繁華的大路後，春櫻東張西望地環視四周。

「妳約了人在這裡碰面嗎？」

「也不是，但她一向在這附近發傳單。」

話才說完，春櫻大概是發現了目標，興奮地邊叫喚邊衝進人群。在有著五花八門的嗜好、熙熙攘攘的人群中，響起了一個大又清晰的聲音：「春櫻！」

春櫻介紹了一個女僕給我認識。這是我第一次看到女僕這種生物。

「我叫小莉，請多指教，主人。」女僕將短裙下的修長雙腿交叉，笑著說道。

一打完招呼，她粉紅色的嘴唇就用令人目瞪口呆的速度動了起來：「欸欸，這個人是春櫻的男友嗎？天哪！討厭啦！春櫻，上次妳不是說沒有男友嗎？啊，他好高，也是模特兒嗎？不對，應該不是模特兒吧？啊！攝影師，是那一型的！妳果然有男朋友！」

她用尖銳的聲音滔滔不絕地說著，我根本沒有否認或肯定的餘地。

「不要站著說話，來店裡嘛！」

「我就是這樣打算的。」

「打算？我們要去女僕咖啡廳嗎？」

女僕勾住我的手臂，像在強行拉客，我一邊扯開一邊問春櫻，春櫻面露微笑點點頭。

「好了好了，快走吧，主人！」

自稱小莉的女僕硬是拉走我的手臂。她的力氣和苗條的身體正好相反，握力超強。

小莉的店並不是在電視新聞看到的那種滑稽的裝潢，而是擺放普通桌椅的咖啡店。春櫻在蛋糕櫃選好蛋糕後，就去上了洗手間。

雖然裝潢是普通的咖啡店，但我實在無法融入這種有著迷你裙女僕在眼前來來去去的環境，所以很快就閒得發慌。我又再看了一次菜單，小莉就跑來說：「主人，方便的話，要不要玩猜拳？」

「不，不用了。」

「咦——猜贏就可以免除消費稅喔！」

「好實際的服務。」

「我問你，為什麼你不當春櫻的男友？」

在來店裡的路上，春櫻簡單扼要地向小莉解釋了我們的關係。一聽到春櫻喜歡我，但是我有其他喜歡的對象，小莉就變了樣。興奮的笑容忽然蒙上陰影，還沒下雨就先打雷閃電。

無論去到何處，不愛春櫻的人，就是這個世間的敵人。

「當春櫻的男友，是你這輩子再也不會遇到的幸運。你明白嗎？」

「還是不要比較好。」

「太扯了！」她彎起沒有長肉的膝蓋，像要服侍我一樣，坐在我的旁邊，「我可是第一次看到春櫻談戀愛。」

小莉睜開有著雙眼皮的大眼睛注視著我，問：「你喜歡的人那麼優秀嗎？比春櫻更好？」

「跟妳無關吧？」

「當然有關。春櫻一定要是世界上最幸福的人，否則我無法接受。」

「什麼意思？」

「我希望春櫻成為最幸福的人，一定要這樣才可以。」小莉毅然決然地放話道：「春櫻救了我，她是我的神。女神？聖母瑪利亞？就是那種感覺。所以她一定要幸福，而且要世界第一幸福才行！」

「我認為她現在已經夠幸福了。被周圍的人捧在手心，在大學也很有人緣。」

小莉忽然站了起來。我們的眼神上下調換，攻守的立場也順勢逆轉，謙虛從小莉的臉上消失。

「你認為春櫻很幸福嗎？」

如果藤井華夜是黑手黨，那她就是小混混。

「你覺得被捧在手心就是幸福？因為她長得可愛，是模特兒，很有人緣，所以過得很充實？春櫻才不是那麼樂觀的傻瓜，她的幸福不是你所看到的樣子，才不是那樣！」

小莉化身為穿著女僕裝的小混混。雖然她沒有揪住我的胸口，但看到她異常銳利的眼光可以得知，她原本就是那個背景出身。

「春櫻很善良，她只是不想背叛身邊的人。你們擅自把她捧得高高的，然後硬說她很幸福，未免太超過了吧！不要把所有事情都推給春櫻，大家都不了解真正的她。」

「妳了解嗎？」

小莉像嘔氣的小孩子一樣嘟起嘴，眼神落在自己的黑鞋鞋尖。小莉的腦袋裡，肯定有很多話不停轉來轉去。

「我啊，為了追男人才來到東京。」

從腦袋裡萬中選一的話題，竟是她的身世，讓我很失望。但如果我把失望寫在臉上，可能真的會挨揍，於是我選擇沉默聆聽。

「我沒辦法跟家暴男分手，所以陷入了地獄的輪迴。到最後沒錢了，我們在夜店大吵一架，他把我拖到洗手間，狠狠揍了我一頓。這時候出面救我的人就是春櫻。」

「這……感覺的確像女神。」

「因為我被揍得意識模糊，在我眼裡，她看起來真的很像女神降臨。春櫻的手臂那麼細，卻有力氣揍男人，還用靴子踢飛他的胯下。」小莉忽然笑了出來，「那個理智斷線的男人朝春櫻撲了過去，華夜就忽然跳出來把他秒殺。我勸你最好小心華夜，要是你對春櫻做了什麼，她一定會殺了你。」

「那個男人呢？」

「不知道，或許死了吧？藤井華夜是何方神聖啊？春櫻說華夜是她朋友，但我到現在還是不相信。她其實是殺手吧？」

「我怎麼會知道。」

「後來，我說我無處可去，春櫻就幫我安排了一切，包括房子、衣服和工作。」

「這裡也是？」

「這裡是我自己找的。春櫻幫我找的店上個月倒了。雖然她說會幫我安排下一份工作，但一直靠她照顧也不太好吧？」

「所以妳才來當女僕。」

「以前我老是穿運動服和拖鞋，很想穿穿看荷葉邊。」小莉整理好有蕾絲的髮箍，發出撒嬌的聲音。

一看到春櫻從對面走回來，她悄聲對我說：「雖然華夜很可怕，但你要做好心理準備。要是敢傷害春櫻，我也會毫不猶豫殺了你喔，主人。」

「你們在聊什麼？又是猜拳遊戲嗎？」

聽到春櫻的聲音，小莉立刻變回女僕的表情，彎著身體笑說：「你輸慘了，主人，真可惜！」然後就退到裡面去了。

「你輸了啊，我也好想玩。」

春櫻坐在我前面。不知道她踢飛家暴男的胯下時是什麼表情？想著想著就覺得很好笑。

「怎麼了？秋葉。」

「沒有，沒什麼。」

比起被人在論壇寫一千次去死，在我耳朵旁邊說要殺了我，反而令人覺得比較爽快，真是太不可思議了。

「久等了，主人。」

小莉端了布丁，和上面放著冰淇淋的現烤蘋果派過來。春櫻看到特別加量的冰淇淋，感激得不得了，小莉害羞地笑了。

「我在布丁加了很多魔法喔！」

「魔法？」

「希望秋葉會喜歡上春櫻。」

小莉搖晃著荷葉裙裙襬，退到廚房裡。我皺起眉頭盯著放在桌上的布丁，春櫻噗哧一聲笑出來。

「秋葉你真的很老實，不需要那麼煩惱啦！」

春櫻放聲大笑，我吃驚地瞪大了雙眼。

牧村春櫻無論何時何地都面帶笑容。不管是雜誌中、大學校園內，臉上都掛著千篇一律、自然柔美的笑容。我不會說那是裝出來的，但我是第一次看到她這麼不含蓄的模樣。

拯救了一名少女的女神，在追求著什麼樣的幸福呢？我試著想像大口吃蘋果派、眼睛瞇起來的春櫻，她的幸福到底是什麼？

穿著可愛的衣服和細帶鞋，和某個人走在大街上。如果是她喜歡的對象，那就更好了。看完電影去吃飯，偶爾再去遊樂園玩。他們會牽手加擁抱，遲早會結婚生子變成母親。然後將事先散播在小小範圍的幸福，逐一拾起收進相簿，過著像這樣的人生。

想著想著，在想像中抱起嬰兒開心笑著的人不是春櫻，而是我的青梅竹馬。我的青梅竹馬是一個會真心誠意向流星許願的女孩子，我認為那樣的她很可愛，我希望她可以過著這種生活。

我嘗試把這樣的藍圖也套在牧村春櫻身上，但焦點模糊，無法呈現清晰的影像。「櫻公主」的幸福，是我一介平民想像不到的。

「秋葉，吃布丁那麼可怕嗎？」春櫻發現我一口也沒吃，擔心地問道。

「呃？我會吃啊。」

我連忙把布丁送進嘴裡，強烈的甜味刺激了耳朵上方。

「希望魔法有效。」

我停下手。

「希望秋葉會喜歡上我。」春櫻像唱歌似地喃喃說道。

6

離開女僕咖啡廳後，我們在秋葉原漫無目的地閒晃。越往神田方向走，街景和人群的風格也變了。只不過無論走到哪裡，擦身而過的男女都會回頭看春櫻。

「為什麼要帶我去見小莉？」

「女僕咖啡廳不好玩嗎？」

「原來妳是想讓我開心？」

「有點不一樣。我希望秋葉更了解我，了解我最快的方法，就是讓你和我的朋友見面，而且我認識阿神，所以我也想讓你和我的朋友碰面。華夜在學校碰得到，但是小莉一定要主動去找她。」

「意思是要我透過小莉，認識牧村學姊嗎？」

「沒錯，因為我沒辦法表達得很清楚。」

春櫻靦腆地笑。

我自認為知道很多關於她的事。但春櫻想告訴我的並不是她的資訊，而是活生生的她。

「妳透過阿神，覺得我是怎樣的人？」

「阿神非常開朗，跟他在一起會很開心，但他也是一個老實、有觀察能力、非常細心的好人。能夠和阿神當好朋友的你，也是一個大好人。」

「什麼跟什麼啊！」我傻眼地笑了。

春櫻用小學生念標語的口氣，斬釘截鐵地說：「物以類聚。」

「意思是如果阿神是好人，那我也是好人？」

「沒錯。」

「既然如此，小莉很自大，那牧村學姊也很自大囉。」

或許是這個回答太出乎意料，春櫻先是愣住，接著就爆笑了。她毫不在乎他人的眼光，在來來往往的人群中央捧腹大笑。如果物以類聚是真的，那個眼神像殺手的藤井華夜，也會像她這樣天真地笑嗎？

「這可能要打上問號。」

「咦？什麼問號？」

「沒事，沒什麼。對了學姊，上次桐原那件事好像給妳添麻煩了，真的很對不起。」

一搬出麗奈的名字，春櫻就立刻停止不笑了。

「我真的有點困擾。」她溫柔地瞪著我，卻又立刻恢復原來的表情說：「我好像對麗奈做了不該做的事，有沒有造成你的困擾？」

「沒有，我好得很。」
應該說，她根本不把我放在眼裡。
「太好了，萬一阻礙到你談戀愛，那就太不公平了。」
我的戀情是單行道，不但沒有阻礙到，甚至不知道有沒有傳達給麗奈。我感到煩悶，春櫻忽然在身邊停下腳步。
「冬月姊姊？」
她上一秒突然在十字路口斑馬線的正中央停下，下一秒便朝某個東西飛奔而去。春櫻的背影顯得非常興奮。我看過太多人見到春櫻就欣喜若狂，但讓春櫻欣喜若狂的人，我還是第一次碰到。
「冬月姊姊，好久不見！妳剛下班要回家？」
「對……」
春櫻突然現身，那位等紅綠燈的女性，表情就像遭人偷襲似的。
「其他人都好嗎？千景和小茜呢？」
「都很好。」
「冬月姊姊過得好嗎？花粉症要不要緊？都到這個時期了，應該沒事了吧？」
我不曉得方不方便站在春櫻旁邊，便從步道旁的樹叢前望著兩人的情況。
春櫻的聲音和身體都往前傾，簡直就像等飼主回家的狗一樣興奮。相較於滔滔不絕的春櫻，飼主的態度倒是非常冷酷。

上班族模樣的女性，年紀看起來比春櫻大很多。眼睛、鼻子、下巴、連她戴的銀框眼鏡都是尖尖的，讓她看起來充滿知性又冷酷。

春櫻叫她「冬月姊姊」。冬月……冬……

我恍然大悟，這名女性是春櫻的親姊姊。

「秋葉！」

春櫻忽然轉向我，招手叫我過去。我提心吊膽地站在她的旁邊，不知道她會怎麼介紹我。那位女性將眼神轉到我身上，明明沒有做壞事，我卻覺得很尷尬。

我想起了國中時同學們都很怕的生活教育老師，就是這種緊張感。

「冬月姊姊，跟妳介紹，他是和我同一個社團的羽田秋葉同學。」

眼鏡後面的雙眼，看起來像是在對我進行檢查。

「妳好，我是羽田。」

當我低下頭再抬起時，冬月的眼神已經從我身上移開了。

冬月早已將我從她的領域刪除了。雖然肉眼看不見，但我猜我傳送出去的「妳好」，撞到了冬月築起的玻璃牆，並掉落在我的腳邊。

「秋葉，她是冬月姊姊，是我的親姊姊。」春櫻毫不在乎姊姊的態度，開心地繼續說著。

那道蓋得如此明顯厚實的牆壁，她是否真的看不見？

她留著一頭長度配合下巴末端、剪得很整齊的直髮，從中可以窺探到冬月一半的側臉，而她只盯著紅綠燈看，絲毫不為所動。

春櫻找她講話的期間，紅燈變成了綠燈。冬月毫不猶豫地邁開腳步，讓我嚇了一大跳。

她踩著高跟鞋鞋跟，大步走在斑馬線上，春櫻則是小跑步從後面追了上去。我驚慌失措地跟在春櫻後面。

「冬月姊姊，等一下一起去吃飯吧？」

「我不去。」

「說得也是。千景和小茜，還有姊夫都在，對不起。可是，在這裡遇到妳我真的很高興。改天我可以再去妳家玩嗎？」

「等我有空再說。」

我目瞪口呆。

冬月又在十字路口右轉的紅綠燈前停下了腳步，春櫻笑咪咪地黏在她旁邊。

「千景現在喜歡什麼遊戲呢？小茜的衣服尺寸有沒有變？我想再送他們禮物，可以告訴我嗎？」

「不要隨便買東西給孩子們。」冬月邊咂嘴邊說道。

她的煩躁連我都感受到了，害我不知所措。
「跟妳說喔，冬月姊姊。」
她還要繼續講？這個妹妹的內心實在很強大。
「秋葉寫作秋天的葉子，然後，他有一個叫夏芽的妹妹喔！寫作夏天的嫩芽。」
「是喔？」
冬月脂粉未施的單眼皮眼睛看向我。或許是對姊姊的反應感到開心，春櫻的表情一亮。
「是夏天和秋天喔！夏和秋。」
「加上我們就是春夏秋冬了。」
「對呀！很厲害吧！」
春櫻高興地拍手，用興奮的眼神交互看了冬月和我。
「可是我不喜歡啊。」
看到春櫻天真地衝過去，卻撞到玻璃牆被彈飛，冬月瞇起了眼睛。她那嘲弄春櫻的淺笑，讓我覺得毛骨悚然。
「我討厭自己的名字。」
紅綠燈變成綠色了。春櫻維持著不自然的笑容，僵在原地。
「妳要成天想著那些無聊的事情，我管不著，但是不要給我添麻煩。」

冬月態度冰冷，過完馬路到對面去了。

「再見！冬月姊姊！」

回過神的春櫻擠出格外燦爛的笑容，用力揮手目送冬月的背影離開，直到看不見為止。

冬月走路的方式完全沒有留下回頭的餘韻，春櫻看起來卻像在等她回頭。她的雙眼中有著像是祈禱的熱忱，我總覺得自己好像看到了不該看的東西。

穿套裝的背影一消失在人群中，春櫻似乎總算想起了我，回頭看向我。

「我們也回家吧！」

「……好。」

我走在春櫻的旁邊。晚風混著夏天的氣息，肌膚和嘴脣都能感受到甜美。

「夏天到了。」「夏天到了耶。」

我們異口同聲同時說道，互相看對方的臉笑了。

看到春櫻的笑容和見到冬月前沒什麼兩樣，我稍微鬆了一口氣。

「秋葉，今天謝謝你。」

「不客氣，是我給妳添了麻煩。」

「我沒有這麼想，如果一個信箱就可以和你約會，那我歡迎你多多告訴別人。」

我不知道該怎麼回答，春櫻便聳了聳肩，「騙你的啦。」

春櫻停下腳步，再次依依不捨地回頭。她注視著前方的喧囂，輕聲說道：「銜接春天和冬天的，是夏天和秋天。」

「什麼？」

一和反問的我對上眼，春櫻就坦率地說道：「所以，我果然還是，喜歡秋葉。」

看到她火熱的眼神，我有預感，炙熱的夏天就要開始了。

第三章　六角螺栓

1

隔週，春櫻依舊來到圖書館，在閱覽區等我下班。

「那個，妳這樣我會很困擾。」

「快點、快點！要遲到了！」

一踏出圖書館，春櫻就忽然抓住我的手臂，像拔河一樣用力拉。

「要去哪裡？」

「神田！」不然還有哪裡？春櫻用這樣的口氣說道。

硬把我帶來神田後，她一邊留意手錶，一邊小跑步離開車站，在大十字路口停下腳步。

「到底是怎樣啊？」

從早上我就緊鑼密鼓地上課，還上班到圖書館閉館，坦白說我累癱了也餓死了，還有非做不可的報告。我自以為已經很小心翼翼，避免被她的步調影響，這個人卻看也不看我豎立在心房前面「禁止進入」的牌子，直接侵門踏戶走進來。

春櫻東張西望，似乎在找什麼。

「妳迷路了嗎？」

「是這裡沒錯吧？」

「什麼意思？」

「上星期碰到冬月姊姊的地方。」

我心裡多少有著「她是不是想找我吃飯？」、「想跟我約會？」、「會不會問要不要去她家？」這種不道德的想法，所以我不由得瞪大了雙眼。

「然後呢？」

「我想說能不能碰到她。」

「所以妳才來這裡？」

「對呀。」春櫻看也不看我回答道，注意力從我身上完全轉移。

我的疲勞從指尖逐漸上升，一口氣爬到頭頂。

「我要回家了。」

「咦？為什麼？冬月姊姊說不定會來耶！」

「妳自己跟她碰面就好了吧？」

「銜接春天和冬天的是秋天啊！」春櫻像抱玩偶一樣摟住我的手臂，毅然決然地說。

我筋疲力盡，就這樣陪了春櫻兩小時，像被懲罰一樣只是呆站在十字路口。可怕的是，春櫻在隔週的同一時間又來到圖書館。一逮到不情願的我，就又把我拖去車站。

「又要去神田？」

「嗯。」

「我真的很累。」

「要不要吃巧克力？」

春櫻開始翻找包包。擁擠的電車隨之晃動，正當我快要哭出來時，一個難掩內心邪念的中年男子映入眼簾。他站在春櫻身後，目不轉睛地俯視著她的頸子。

「拿去，吃點甜食會好一點。」

「我知道。」

我若無其事地和春櫻交換位置，把她推到靠車門的那一側，背後傳來很露骨的咂嘴聲。春櫻渾然不知自己成了男人妄想的對象，只是打開包裝紙，把巧克力壓在我的嘴唇上。

「希望今天可以見到面。」

都怪她說話時露出了幾乎能吸走邪氣的笑容，讓巧克力的甜在嘴裡顯得更突出了。但這甜度不但沒有舒緩疲勞，反而讓我更疲累了。

春櫻一站在神田的十字路口，意識便向四面八方散開，而我並不在那面網中。我厭倦地靠在護欄上。白天變長了，天空還很亮。溼氣籠罩的大街，讓每一個角落都顯得不快活。

春櫻和上星期一樣，東張西望地環視四周。

總覺得她的背影很眼熟。我努力思考到底像什麼，但思緒的球只是在球道滾動，沒有打中任何球瓶。

一小時過去了，依舊沒有任何進展。我滑手機滑膩了便打開了書本，雖然站在路中間卻也管不了那麼多。

越融入故事中，噪音就逐漸遠離我的意識。過了一會兒，我覺得文字的輪廓開始變模糊，抬起頭才發現不知何時，路燈早已點亮，紅綠燈的色彩也變得鮮明。

看了手錶，我們到這裡之後已經過了兩個半小時。春櫻不動如山。

我闔起書本，「今天先回去吧？」

「說得也是。」

她的聲音帶著不想回家的意願。我嘆了口氣，又朝綠色護欄坐下去。這時候，剛才那似曾相識的感覺，被我捕捉到明確的記憶。

忘了是情人節還是畢業典禮，就是那種有某種大活動的日子，地點在學校校舍的某處，會有等待心儀對象的女孩子，以及被期待與不安吞沒，宛如站著游泳的背影。

我終於有擊出好球的手感，頓時暢快多了。這麼一來，我就更有任務已經達成的感覺。

「我要回去了。」

「什麼？等一下，再等一下就好。」

「我餓了。」

「等一下我請客，好嗎？」

她提出了難以言喻的選項，我揉了揉眉間。

要是漫不經心就受到食物引誘，後果會如何呢？不用想也知道，既定事實當然是越少越好。

「我走了。」

「等一下！求求你，秋葉！」

「拜託妳饒了我吧。」我甩開抓住我手臂的春櫻，刻意冷靜地說道。

春櫻一臉傷腦筋的樣子，「冬月姊姊可能會來耶？」

「那跟我又沒關係。」

「可是銜接春天和冬天的——」

春櫻話還沒說完，我就邁開了腳步。她趕緊追了上來。就算我的背影散發出拒絕的氣氛，她也不會明白的。對她而言，氣氛是用來體會，並不是有形的東西。

我甩開企圖勾住我手臂的春櫻，繼續往前進。甩開緊追不捨的美女，簡直就像是《金色夜叉》（註2）裡的貫一和阿宮。假如能像知名橋段中的貫一那樣，用腳踢開春櫻，那該有多爽快。

「你別走，秋葉！」

正當春櫻把手伸過來時——

「春櫻！」

像是要制止時間般的聲音響起，我和春櫻同時停下動作。十字路口的路燈下，冬月就站在那裡。她透過銀框眼鏡注視著我。

「你們在做什麼？」

春櫻跟上次一樣，開心地跑到冬月身邊。

註2　日本明治時代作家尾崎紅葉的小說作品，講述男主角貫一因為貧窮被婚約對象阿宮拋棄，最後他踢開美麗的阿宮，並開始對他們進行復仇的故事。

「我陪秋葉來買東西。」

春櫻厚顏無恥地說謊，真是嚇到我了。但我的表情被冬月看到，只好點頭附和並低下頭。冬月用巡視的眼神凝視著我和春櫻。如果讓她站在中學正門口，她根本就是檢查服裝儀容是否整齊的生教老師。

「冬月姊姊剛下班？」

「對。」

「等一下我們要去吃飯，妳要不要一起來？」

明明是春櫻在邀請冬月，她卻目不轉睛盯著我好一陣子，完全感受不到蘊含在機械般眼神中的情感。我不知道冬月內心有什麼樣的疑問，也不知道為什麼會引導出這樣的答案，她居然答應了。

春櫻就像十二月二十五日在枕邊的襪子裡發現禮物的孩子般開心，冬月則是笑也不笑。我還不知道該怎麼處理她們極端的情緒，冬月就迅速邁開了腳步。

「吃日式的可以吧？」

「當然可以。」

春櫻小跑步跟在冬月後面。沒有人理會我的狀況讓我心生厭倦，卻也跟了上去。

冬月帶我們走進一家只有吧檯座位和兩張桌子的料理店。我打開穿和服的女服務生拿來的菜單，上面列了許多以夏季蔬菜為主的菜色，但幾乎沒有標示價格。

冬月似乎毫不在意，春櫻則是看都沒看菜單一眼。我心想這時候交給冬月決定就好，沒想到冬月忽然抬起頭問：「羽田想吃什麼？」，讓我慌張地選了看起來很便宜的菜色。

「那就炸茄子。」

「還有呢？」

「夏、夏季蔬菜凍⋯⋯」

「主菜呢？」

「呃⋯⋯」

「冬月姊姊呢？」

「我吃天麩羅好了。」

「我也點一樣的。」

「羽田，你要喝什麼酒？」

「我還未成年。」

「喔，這樣啊。」

冬月露出意外的表情。

點完餐後，第一個送來的是冬月點的冷酒。春櫻理所當然地幫她斟酒到玻璃酒杯裡。看在崇拜春櫻、稱呼她為櫻公主的男人眼裡，那是一杯夢寐以求的酒。冬月的表情卻沒有一絲感激，迅速乾了那杯酒。

「孩子們今天呢？」

「去他的老家了。不然我就會直接回家，這還要問嗎？」

「說得也是。」

春櫻露出舌頭，冬月咂了嘴。我趕緊接話。

「小孩子是牧村學姊的外甥還是外甥女吧？」

「嗯，我外甥千景五歲，外甥女小茜三歲。要不要看照片？」

我沒有回答，春櫻就從包包裡掏出萬用手冊，把夾在手冊裡的照片拿給我看。照片裡是一對肌膚光滑的男女孩。

「千景長得好像牧村學姊喔。」

話一說完，前面的座位又傳來咂嘴聲。我連忙看了照片，企圖尋找解答。哥哥千景的眼神像少女一樣柔和，妹妹小茜的眼睛鼻子下巴則都尖尖的，和冬月非常相像。但如果我說出來，冬月又會咂嘴，於是我保持沉默。用很俗氣的形容詞來說，就是千景長得很可愛，但小茜並不是。

「他們兩個都好可愛。」

春櫻用陶醉的眼神凝視著照片。但我覺得，這個人並不想談外貌的事；冬月則是一臉苦悶，不想談的程度比春櫻高出十倍。

「羽田也是文學系嗎？」或許是想轉移話題，冬月這麼問。
「不是，我是工學系的。」
「二年級？」
「一年級。」
「差了兩歲啊。」
意思是我不夠可靠，不能和春櫻在一起嗎？冬月的眼神和乾脆俐落的說話方式，總之就是讓人很緊張。她的口氣與其說是發問，更像質問。
「你的腔調聽起來像是關西人。」
「我是大阪人。」
「大阪的哪一帶？」
「東大阪。」
「家裡是開工廠還是經營什麼？」
「為什麼這麼問？」
「基於我對東大阪的印象。」
「不是，家父是普通的上班族，家母是家庭主婦。」
「你專攻什麼？」
「航空工學。」

「會在這裡找工作嗎？」
「會，找得到的話……」
我一邊回答一邊側眼看春櫻，她笑咪咪地看著冬月。
「有兄弟姊妹嗎？」
「他有一個妹妹，叫夏芽。」春櫻代替我回答，而冬月看也不看她一眼。
我越來越害怕。該不會連冬月都叫我跟春櫻結婚吧？情感表現雖然有溫度上的差異，但她的問題全都是試探。萬一她把我視為妹妹的結婚對象，那該怎麼辦？
一想到這裡，我後背就冒出冷汗。
「啊，有鰹魚，好有夏天的感覺喔。」
我把眼神轉移到掛在牆上的菜單，若無其事地改變了話題。
「想吃的話就點啊。」冬月冷漠地回答。
餐點到齊後，冬月的提問攻擊就停止了。春櫻代替默默用餐的冬月，滔滔不絕地講話。冬月對於這樣的春櫻毫無反應，變成我得附和。難得能吃到美食，卻變得一點也不好吃，真是浪費了這個好機會。
吃完飯後，冬月毫不留戀立刻站了起來，我們也跟著起身。走去櫃檯的人是春櫻。春櫻說要結帳讓我嚇了一跳，連忙掏出錢包，而冬月制止了我。
「沒關係，你不用付。」

「那可不行。」

我擅自認定冬月會付帳。讓冬月請客和讓春櫻請客，意義可是天差地遠。

「我們家的規定是約吃飯的人要付錢。」

規定，這個字真是冰冷又生硬。我盤算著事後再拿錢給春櫻，正打算先把錢包收起來。就在這時候。

「你，改天來我家。」

「什麼？」

「你一個人住，八成沒有好好吃飯吧？」

冬月迅速地把疑似名片的東西，夾在我的短夾裡。我瞪大了雙眼，她揚起一邊的嘴角說：「打電話給我，響一聲就掛掉。」

她看起來像是在笑。

夾在短夾裡的是冬月的名片，知名出版社編輯的頭銜下，印著風間冬月。

回到房間盯著名片後，精神越來越鬆懈。剛才那一場餐會真是莫名其妙，讓我頓時餓了起來，便煮熱水泡了杯麵。

我一邊吃著泡麵，一邊看著放在桌上的名片，忽然想起「八成沒有好好吃飯吧？」這句話。

冬月到底想對我做什麼？重點是那對姊妹到底怎麼回事？姊妹之間竟然有「規定」，實在是太誇張了，看不出來有家人之間溫暖的愛。

糾纏姊姊的妹妹，以及對妹妹敬而遠之的姊姊。這個架構和我家一模一樣。一想到這裡，我就對冬月這個人產生了興趣。我高舉起名片，眼神朝上注視它。

吃完泡麵的同時，我就打了名片上的手機。照她所說的，響一聲就掛掉。冬月手機裡的未接來電紀錄應該會留下我的手機號碼吧？我身邊就算有嘴上嫌妹妹很煩的人，也沒有真正徹底無視的人。

我有一點點期待，說不定我和冬月是同類。

2

過了不久，冬月就回電給我。她像聯絡公事一樣，告訴我日期、地點和轉乘電車的方法。她沒有交代我要向春櫻保密，但我並沒有告訴春櫻。幸好我們在大學裡沒有碰面，她也沒有來圖書館。

冬月的家在離車站很近的電梯華廈，我很快就抵達了。來到東京後，這是我第一次在沒有阿神帶路的情況下，來到陌生的地方。

一搭電梯到四樓，我忽然緊張了起來。去陌生的地方，而且是女性，甚至是別人的妻子的家，會不會太毫無防備了？我心想，或許帶個伴手禮比較禮貌，於是轉身想走回車站。

就在這時候——

「大哥哥，你是不是小春的朋友？」

聲音從腳邊傳來，我低頭看，一個身高和夏芽差不多的小男孩站在那裡。

「小春……你說的是牧村學姊嗎？」

「在這邊喔！這邊、這邊！」

毫無戒心的光滑小手拉住了我。孩子體溫很高的手心，讓我全身起了雞皮疙瘩。

「你是誰？」我不經意地鬆開小男孩的手後，問道。

「我是小春的……外甥女？外甥？外人？」

「是外甥才對。」

一整排同色的門之中，其中一扇門打開了，冬月從裡面探出頭來。腳邊黏著一個小女孩，小女孩的長相讓我聯想到冬月。他們就是春櫻在料理店給我看的那張照片，畫面裡那對小兄妹。

「請進。」

「那個，我空手來的，真拍謝。」

「哇——大哥哥講關西腔耶！」

春櫻的外甥從低處用感動的眼神仰頭看我。
「關西腔是什麼？」小冬月化身的女孩問道。
外甥得意洋洋地說：「就是搞笑藝人講的話呀！」
「不是啦，大哥哥是大阪出身。」
「出身是什麼？」
「就是出生的地方。」冬月解釋道，兩個孩子欽佩地點頭。
「除了這兩個孩子，家裡沒有別人，不用客氣。」
「妳先生呢？」
「怎麼可能在？跟你介紹，他是千景，她是小茜。」
「晚安。」千景天真地說道，妹妹小茜卻氣嘟嘟地進家裡去了。
千景把我推進家裡，房間裡飄著味噌湯的香味。冬月放下拖鞋就走到裡面去了。
我戰戰兢兢踏進房間，是一間家庭格局的華廈。客廳鋪著兒童用的軟墊，上面散亂著塑膠玩具、洋娃娃和書，彷彿看到了幾年前的我家。
「你隨便坐。」
冬月站在開放式廚房裡，身上穿的當然不是套裝，而是洗到褪色的襯衫，上面還穿了黑色圍裙。光是這樣就讓她看起來判若兩人，放鬆的肩膀上，感覺像是披了名為母性的披肩。

「你們兩個，吃飯前把東西收乾淨。」

冬月從廚房那一頭說道，兄妹立刻採取行動。千景把掉在地板上的塑膠娃娃，放進抽屜櫃旁的籃子裡，閒著沒事做的我，便幫忙把扮家家酒用的蘋果和香蕉放進籃子裡。

「千景好像是五歲？念大班嗎？」

「中班，小茜三歲，是兔子班。」

「男生果然比較高大。」

「羽田身邊也有跟他們差不多年紀的小孩嗎？」冬月從廚房問道。

我回答：「我妹妹今年六歲。」

「大哥哥有妹妹？是怎樣的女生？」

小茜問道，口氣就像念標語的機械一樣。她留著一頭剪得很整齊的西瓜皮黑髮，還有兩道感覺意志頑強的濃眉，越看越覺得和冬月很像。

「很愛哭又很愛撒嬌。」

「你們很像嗎？」

「長相嗎？算是吧。」

「欸欸，大阪是怎樣的地方？有很多搞笑藝人嗎？」

千景一插進我和小茜之間，小茜便毫不遲疑地用力推開他。

「我在講話！」

「讓我加入嘛！」

「不要！」

千景沒有反駁，繼續回去收拾玩具。雙眼有點溼潤。

「小茜，袂當對千景那麼凶。」

「袂當是什麼？」

「就是不可以，小茜也一起收吧。」

「不要，這個和那個都是小千的玩具。」

「這個明明是小茜的書！」

千景一反駁，小茜就撿起腳邊的軟塑膠製怪獸玩具，朝他扔過去。

「不行！小茜，這樣很危險！」

小茜氣得鼓起臉頰，把臉別過去。任性的行為和夏芽非常相似。排行老么的女兒，果然都會被寵壞嗎？

「小茜，大哥哥想把這本書收起來，應該要放哪裡才對？」

「書櫃。」

「那書櫃在哪呢？大哥哥在圖書館上班，最擅長排書了，告訴我吧！」

「你在圖書館上班？好好喔！」千景回頭說道。

小茜依舊在鬧彆扭，慢慢拉起我的手說「在這邊」，然後帶我過去。我把繪本排在書櫃上，小茜就像助手一樣，把地板上的書搬來給我。

「辛苦了，變得好乾淨喔！」

我看著小茜的眼睛稱讚她，她生氣的表情就變柔和了。

「大哥哥，你也來幫我。」

千景叫我過去，我們開始收積木，小茜也自然而然跟著動手。將所有的積木都放進透明收納箱後，我就像對待夏芽那樣，撫摸小茜和千景的頭。兩人顯得有些難為情。

「你們三個，飯煮好囉！」

廚房傳來冬月的聲音，兄妹把我推到餐桌坐下。兩個人為了誰要坐在我旁邊開始大吵。

「你們要是吵架，我就把你們趕出去。」

冬月一眼露凶光，兩個人立刻就停止爭吵。千景看起來很害怕，他說不定真的被趕出去過。

桌上的餐點非常豐盛。對經常吃超商便當和泡麵的我而言，現蒸的米飯、非沖泡式的味噌湯，還有現炸的豬排是再美味不過的美食了。

「我開動了。」

用不著母親催促，千景和小茜就雙手合十。冬月一邊協助還不太會自己吃飯的小茜，也催我快點開動。

好久沒有吃別人親手煮的飯，也好久沒有說「我開動了」這句話了。我喝了一口味噌湯，醇厚的高湯味道讓整個胃暖了起來。

「好好喝。」

冬月露出了微笑。她的表情看不到生教老師的氛圍，而是充滿有年幼孩子的「母親」的溫柔。孩子們很愛笑也很多話，冬月則認真地聆聽他們，看來是個管教嚴厲但不冷淡的母親。

撤下餐具，孩子們專注於電視播放的動畫時，我們面對面坐在餐桌喝著麥茶。

「妳的老家就在附近嗎？」

「你和春櫻不聊這些嗎？」

「很少有機會和她安靜地聊。」

「畢竟她是一個心浮氣躁的孩子。」冬月有點傻眼地說，但口氣不像以往那麼毒。多虧了這個空間和滿足的餐點，也可能是已經習慣冬月了，我竟然還有餘力可以笑著說：「的確是。」

「我們已經沒有老家了。」

冬月一邊說一邊站起來。她用眼神示意要我跟她走，我也站了起來。她打開廚房旁的拉門，走進裡面的和室。我也跟在後面，千景他們正在觀賞的動畫聲音，離我們越來越遠。

三坪左右的和室似乎是做為書房。書桌上有電腦和附掃描功能的印表機等，設備齊全到甚至可以在這裡工作。雖然完全沒有雜貨類的物品可以判斷書桌主人是誰，但白色皮椅的質地，應該是偏女性的風格。

冬月站著的地方，是一個小小的佛壇。說到佛壇，我只看過坐鎮在房間裡、形同主角的大佛壇；宛如家具一部分、放在抽屜櫃上的小佛壇，看起來就像玩具一樣。

「我們的父母已經過世了。」我看了冬月的臉。她似乎不怎麼感傷，指了佛壇裡的照片，「家母是在春櫻上小學前，家父則在春櫻高中時過世的。」

年輕女性和中年男性，分別放在不同的相框擺飾。

我啞口無言。

照片裡瀟灑地穿著白襯衫，在很像公園的地方露出微笑的女性，因為非常年輕，所以和現在的春櫻簡直一模一樣；男性也是穿著白襯衫，但卻醞釀出一種研究者白袍的神經質。濃眉和尖鼻子，如果在他的禿頭戴上短假髮，就會完全變成冬月。

我心想，上帝區分這對姊妹的方式，未免也太殘酷了。

「我知道你在想什麼。」

我嚇了一跳，趕緊從照片別開視線。雖然設法掩飾表情，可惜為時已晚。

冬月露出微笑。

「沒關係，到目前為止，這種反應我已經看過無數次了。」

「對不起。」

「道歉反而更失禮。」

我驚慌失措，不知道該如何應對才是正確答案。

冬月望著佛壇，自言自語似地說道：「從來沒有人把我們當作姊妹。被人嘲笑說父母不同人的次數數也數不清，但我們的確是如假包換的親姊妹。我的長相完全沒有遺傳到家母，春櫻則是完全沒有遺傳到家父。」

我垂下頭，像是在表示我很遺憾。我也是非常自卑的人，可以充分理解冬月的內心。

「二十歲的時候，我交了第一個男朋友，帶他回家結果他愛上了春櫻。她那時是才十歲的小學生耶！根本是蘿莉控，我覺得好噁心，馬上就跟對方分手了。但那個人不是特例，大家都會喜歡上春櫻，家父也是這樣。無論何時，受人喜愛的總是春櫻，彷彿那是自然的規則。」

就這樣，我們沉默了好一會兒。千景和小茜看的電視節目聲音，就像無法解讀的暗號般響遍整個房間。

我注視著冬月不圓潤的肩膀，位於記憶地層中的「某一天」，忽然滑落在眼前。

家人圍著餐桌的情景，母親和妹妹，還有沒有血緣關係的父親肖像畫。
因為沒在晚餐時間趕到家，那是我第一次客觀地觀察那個家庭。三個人的模樣太完美了，讓我迷失了方向，我不知道該在其中擔任什麼樣的角色。
「我們兄妹是同母異父，但長得很像。」
只要在我六歲的照片上用麥克筆畫上西瓜皮，就會變成現在的夏芽，我們的外貌就是如此相似。
「雖然我們的名字像既定事實一樣，有季節在裡面，但用不著這麼做，我們也是真正的兄妹。」
冬月的眼神告訴我，她在等待我繼續說下去。或許她也和我有共鳴。
「我的親生父親失蹤後，不到兩年我就有了妹妹，家母再婚了。明明父親是不同人，我和妹妹卻是名字和長相都很像，有時候甚至會讓我覺得噁心。」
「你討厭妹妹啊。」
我毫不猶豫地回答：「對。」
彷彿在自白罪狀，我充滿安心和舒暢的感覺。
「欸，我可以抽菸嗎？」
我答應後，冬月悠閒地坐在白色皮椅上，翹起二郎腿，身體和椅子十分融合。
她從書桌抽屜拿出菸盒和陶製的菸灰缸，點燃細細的香菸。她仔細品嘗、慢慢地抽，然後吐出白色的煙霧。一連串的動作爐火純青，菸齡應該很久了。
「你和新爸爸相處得還融洽嗎？」
我揉著眉間，思考了好一陣子。
「他是個好人，非常爽快地送我來到東京。」
「你和媽媽呢？」
「……等到千景變成國中生，我想他和母親之間也會沒什麼好聊的。」
「是這樣嗎？」
「就是這樣。」
「那，為什麼你那麼不服氣？」
我不停眨著眼睛。冬月一邊吐著白煙，眼神慵懶地凝視著我。
我在理性和感性中，咀嚼著冬月那句話的意義。
我一直咬一直咬，把嘴裡剩下的話零零散散地說出來，冬月靜靜地聽我訴說。
我的親生父親在事業失敗後，開始對母親施暴。地獄般痛苦的日子就在某一天，以父親失蹤的形式下畫下休止符。母親打從心底感到高興，對我說今後要兩人一起努力活下去。但話說完沒多久，她就再婚了。
她告訴我有想結婚的對象時，我已經很驚訝了，同時告訴我半年後會有弟弟或妹妹出生時，我更是錯愕。

當時的「錯愕」，有時候會忽然出現在我面前。小學時是嫉妒和寂寞交織在一起，還算可愛；進入青春期後，卻變成了我無法對付的猙獰之物。

冬月拿菸輕敲菸灰缸的邊緣，菸灰掉落。

「原本覺得很可愛的夏芽，越來越令人憎恨。所以我就說了，我們只有一半的血緣關係。夏芽才六歲，但她好像知道這是什麼意思。」

「後來妹妹有什麼反應？」

「變得比之前更纏著我。」

「跟春櫻一樣。」冬月氣憤地吐出煙，「越是甩掉她，她就追得越緊。」

「恨不得她乾脆討厭我。」

冬月的嘴角浮現淺笑。

「你也是個壞心眼的人嘛！」

我有越來越鬆懈的感覺。當場坐下後，冬月的指尖便映入我的眼簾。塗了膚色指甲油的指尖，像是要哄我似地搖晃。

「妳或許是我的榜樣。」

「不要回大阪去就好啦。就像我，找到一個對女人外貌不怎麼有興趣的男人後，就離開家裡了。」

我輕輕笑了。

「但是血緣終究騙不了人。千景長得和家母一模一樣，實在太不可思議了。」

她這麼說，刻意朝我瞄了一眼。我臉頰使力，努力不讓我的想法表現在臉上。

「傻瓜，小茜是個很剛強的孩子，放心吧！是我把她教育成那樣的。」

「冬月姊，妳好堅強。」

「老是遭人批評，內心會很挫折，但還是要想辦法打起精神。不斷受挫又振作，黏土也會變成混凝土。」

她把手肘撐在桌上，用另一隻手撩起瀏海。彷彿削除所有多餘事物的清純臉龐，看起來莫名的性感。嘗遍太多女性的辛酸，才會有這樣的性感嗎？

我的心情忽然變得怪怪的。如同白色皮椅非常貼合她的身體，如果和她產生肌膚之親，會不會像拼圖一樣完美的契合呢？

眼神前方的指尖，像在勾引我似地搖晃。我和冬月之間，籠罩著刺痛皮膚的緊張感。就在這時候，塞在後口袋的手機劃破了房間內的空氣，響了起來。

我的直覺告訴我是春櫻打來的。問我為什麼，我也說不出明確的答案，但電話響起的方式有一股猛勁，和其他人打來的電話不一樣。

我像抽撲克牌似地拿起手機。螢幕上顯示的果然是牧村春櫻。

「是春櫻吧。」冬月看我的樣子就察覺到了。她從白色皮椅上站起來，「就說你在我家，她一定會馬上飛奔過來。」

她沒有笑，說完就走出了房間。

留在房間的我，大大吐了一口氣。心情就像幸好沒有抽到鬼牌一樣，鬆了一口氣。

「喂？」

「秋葉，你今天不用來圖書館上班啊？」

「妳在圖書館？」

「你現在在哪裡？」

我沉默了好一會兒。

冬月說我「你也是個壞心眼的人」那句話，讓我信服了。至今從來沒有人客觀地批評我心地不好；但回顧過去，與其說我壞心眼，更可說是個居心不良的男人。證據就是我的好奇心比言語更早一步，從喉嚨湧了上來。

「牧村學姊的姊姊家。」

秋天和冬天本應比春天更早相遇。我沒有等春櫻回覆就掛掉電話。

走出房間，千景和小茜還在看電視，冬月在廚房吧檯裡洗碗。

她察覺到我的氣息便抬起頭，「結果怎樣？」

「她好像搞不太清楚。」

冬月哼笑道，好像在嘲笑春櫻。我居然覺得有那麼一點不舒服，連我自己都感到意外。

「她不會特地過來啦。」

「她會來，你等著吧。」

「不了，我差不多該失陪了。」

我把手伸向放在桌子旁的包包，冬月僵硬的聲音制止了我。

「你知道為什麼我要找你來嗎？」

冬月說話的口氣，彷彿把槍口對準我。我回頭，和她四目交接。她一邊用毛巾擦乾溼淋淋的手，一邊繼續說：「我第一次看到春櫻追男人。」

「呃？」

「就是上次在神田的十字路口啊。所以我才會對你產生興趣。」

難不成，我早就抽到鬼牌了？

「我啊，就算一次也好，想親眼看到春櫻被男人甩掉。」

她的意思是，這麼做心情就能痛快嗎？

「而且你辦得到。」

「我們不是男女關係。」

冬月狡猾的笑容，和電視傳來的活潑笑聲，反差實在太大了，打亂了我的思考。

「家父說春櫻是家母的遺物，所以把她當作掌上明珠扶養長大。他不惜賭上性命保護春櫻，連上小學都每天親自接送。明明沒什麼積蓄，卻從國中就讓她念私立女校。春櫻的朋友我只認識一個，因為即使是女性朋友，過不了家父這一關就會被逼絕交。家父太異常了，在他過世之前，那孩子就像在無菌室長大一樣，現在她卻追著男人到處跑，簡直是滄海變桑田啊！」

冬月很多話。

沉睡在內心深處的事物，多半沒什麼好東西。到了這把年紀，早已學會讓它永遠沉睡的方法，但遇到擁有相似鑰匙孔的人，是否就會鬆懈？還是試著交換鑰匙並打開互相的門，覺得心情舒暢就說了太多的話？

沉睡在冬月內心的事物，因為時間比較長、發酵比較久，情況比我還嚴重。

「跟你說，那孩子是處女，上了之後再拋棄她吧！」

「不要胡說八道。」

「你一定可以輕易把到她，因為她一直在找秋天。」

我無言以對。為什麼這個人會說出這種話？

冬月似乎對沉重的沉默樂在其中。

她用雪白的抹布將倒扣在流理臺瀝水籃裡的盤子仔細擦乾，然後一個一個放回餐具櫃。我被她吊盡胃口，用力咬緊臼齒。

「欸，大哥哥。」小茜忽然站在我的腳邊，「這是什麼？」

小茜手上握著的東西，看起來就像是翅膀被拔掉、慘遭殺害的蝴蝶屍體。我嚇得差點跳起來，立刻把她手中的螺栓搶過來。完全沒有心理準備的小茜，被我的氣勢嚇得放聲大哭。

「小茜！妳在做什麼？」

冬月從廚房裡衝出來，小茜哭得越來越大聲。

「人家只是把掉出來的東西撿起來嘛！」

小茜抽抽答答地哭，同時訴說自己的正當性。

「才沒有掉出來，是她從大哥哥的包包裡拿出來的。」

千景用毫無惡意的表情說道，冬月和小茜立刻用同樣的表情瞪了千景。被幾乎要發射出光線的眼神鎖定，千景的眼眶裡也開始有眼淚打轉。

「做哥哥的不要動不動就哭！」

母親的斥責擁有甩耳光般的威力，看來每一個家庭都一樣。但冬月的眼神正中紅心，沒有一絲寬恕。

「你們兩個都不要哭了。」

我嘴上這麼說，卻無法順利擠出安慰孩子的表情。

我和螺栓之間有闖入者入侵，帶給我不小的衝擊。但要擺脫眼前的情況，不提這個螺栓實在太不自然了。我痛下決心，用聊日常瑣事的口吻說道：「這個螺栓可以飛去宇宙喔！」
「宇宙是什麼？」小茜問道。
夏芽在她這個年紀時，也是開口閉口離不開「這是什麼」，所以母親叫她「什麼什麼外星人」。
「宇宙比天空還要更上面，有星星月亮和太陽的地方。」
千景回答。我點點頭，千景露出了笑容。
「那個螺栓會飛嗎？」小茜問。
「這個是製造飛去宇宙的太空梭的零件。」
「我知道，是Space Shuttle對不對？」
「沒錯，你好聰明喔。」
「我可以摸嗎？」千景怯生生地問。
雖然有點猶豫，我還是像遞出小野花似地交給他。
「好重喔。」
「從地球飛向宇宙，要衝進火裡才飛得出去。必須做出很堅固的太空梭，才不會熔化燒掉。」
「小茜也要！小茜也要！」
小茜從千景手裡搶走螺栓。

「這個螺栓是大哥哥做的嗎？」
「這是……大哥哥的爸爸做的。」
冬月的眼神落在螺栓上。
「也給我看看嘛。」
「這是小茜的！」
我露出苦笑，冬月也跟著臉頰上揚。
小茜和千景很快就玩膩了螺栓，把它交給冬月後，就隨自己的喜好開始翻找玩具箱。小孩子轉移興趣的速度，不管在哪個家庭都一樣快。直到剛才都把全部的好奇心灌注在某項事物上，又或是花費了相當大的勞力才獲得的東西，關注的開關一切換之後，那項事物就會消失，甚至不曾存在過。
那麼卓越的遺忘術，不知道我是何時失去的？
冬月不發一語地把螺栓放回我的手心。我就像接住從樹上鳥巢掉下來的雛鳥一樣，收下了螺栓，並放回掉在包包旁邊的麻袋裡，接著收到裡面去。
就在這時候，叮咚聲拉得很長的門鈴響起。
「是春櫻。」
這句話冬月是對我說的，但對名字有反應的孩子們，立刻飛奔到玄關。
「小春！小春！」像抬神轎般的喧譁吆喝聲響起。

「晚安。」

玄關那裡真的傳來了春櫻的聲音。我難以置信，探頭去看走廊。

「啊，秋葉！」

春櫻就像在大學校園內向我搭話一樣，輕輕揮了揮手。不久後她就被千景和小茜推進客廳，額頭上微微流著汗，上氣不接下氣。但她用比叫我的聲音要高半階的聲音說：「冬月姊姊，打擾了。」

還露出可以直接用在飲料廣告海報上的爽朗微笑。

「歡迎妳來，春櫻。」

「咦？啊，那個，這是伴手禮。」

「是果凍！」

小茜收下後立刻檢查裡面是什麼，和千景一起當場手舞足蹈起來。

「吃飽飯才可以吃喔。」

「我們已經吃飽了，吃豬排喔！」

「……這樣啊。」春櫻瞄了我一眼，卻又立刻笑容滿面看回冬月，「秋葉居然在妳家，我好驚訝。」

「聚餐那天，我們交換了聯絡方式。」

這次春櫻則是回頭看了我。我不知道該看哪裡，只好逃避她並看向孩子們。我從小茜手上接下塑膠袋，把裡面裝的果凍排在桌面上。

「水蜜桃、橘子、櫻桃！」

好希望千景和小茜的歡聲可以融化這份尷尬。

「春櫻，湯匙拿去。」

「啊，謝謝妳，冬月姊姊。」

孩子們非常喜愛春櫻，兩個人爭先恐後地要吸引她的注意力。在幼兒園發生的事、朋友的事、要她看最近學會的拱橋姿勢，春櫻笑咪咪聽著兩人喋喋不休地講，有時稱讚、有時佩服、有時高興，表現出很誇張的反應。

我坐在餐桌的椅子上看著這一切。

面對孩子的春櫻，側臉看起來就像充滿溫柔與寬容的女神。而且她是處女，根本就是貨真價實的女神。

「羽田，掉了。」

頭上傳來聲音，我把意識聚焦在眼前，發現冬月拿著抹布站在前面。因為我在發呆，湯匙上的果凍掉在桌子上了。

「對不起。」

冬月一邊擦桌子，一邊對我使眼色，彷彿在對我說妄想全都寫在臉上。我稍微瞪了冬月，她留下帶著奸計的笑容，回到了廚房。冬月消失後所出現的光景中，春櫻正朝著我看，但她立刻生氣地別開視線。

這種事還是第一次發生，我覺得很傻眼。

「小春和大哥哥是大學的朋友對不對？」千景吃著果凍裡的水果問道。

「對呀，秋葉和我是同一所大學的。」

「大哥哥的妹妹也是嗎？」小茜回頭問我。

「夏芽是小學生啦。」

「你們差那麼多歲？」

「他說差了七歲。」在我回答抬起頭的春櫻之前，冬月就先答道。

春櫻的表情變得黯淡，我可沒有看漏。

「大哥哥的妹妹叫作夏芽？」

我點點頭，千景的表情頓時變得開朗。

「好厲害喔！是春夏秋冬耶！」接著又追加了一句話，「春夏秋冬回來了！」

3

雨不停歇的下午。在阿神抄我寫的筆記時，我看了解開發生大霹靂之謎的宇宙膨脹論報告。

「宇宙的時間好巨大啊！」
「站在宇宙的立場，我們看起來就像大腸菌吧。」
「那個還太大了，是原子才對。」
「是基本粒子吧。」
我遙想著每天越是解開真相，卻越令人費解的漆黑世界。我看向窗外，被雨水洗得乾淨清透的玻璃窗那一頭，麗奈成了狼女的餌食。
我丟下報告衝出教室，「桐原！」
麗奈像是被東西彈到似地抬起頭。我立刻插入麗奈和狼女之間，銀色毛髮的狼女咂了嘴。
「藤井學姊，妳找桐原有什麼事？」
「我們只是在講話。」
就是因為看起來不是這麼一回事，我才全力衝刺到這裡。
「是我不對，秋葉。」
「既然知道不對，以後不准再犯。」
「對不起。」
麗奈一本正經地低頭道歉，藤井華夜就熟練地咂了嘴，叩叩叩地踩著靴子，連傘也不撐就冒雨離開了。

「桐原，妳還好嗎？」
「我怕死了，我什麼也沒做啊！」
麗奈啜泣道，揪住了我的T恤衣襬，順便也抓住了我的男人心。
「別擔心，她已經離開了。」
「我沒騙你，秋葉。我真的什麼也沒做，可是她卻把我叫來這種地方。」
她淚眼汪汪地仰頭看我，讓我就算搞不清楚來龍去脈，也想大喊她無罪。
麗奈擦去眼角的淚，面露微笑，「謝謝你趕來。」
「啊，嗯……我從教室看到的。」
「原來是這樣，畢竟這附近是工學系嘛。」我心跳加速地注視著麗奈的動作，她接著說：「那，秋葉，再見喔。」
「嗯，再見。」
撐起粉紅色的傘走出屋簷的麗奈，朝我輕輕揮手，我也跟著揮手回應。我目送她離開，同時妄想著她用那張臉對我說「路上小心」或是「歡迎回家」，忽然她掉頭走了回來。
我嚇了一跳，還以為下流的妄想被她知道了。她站在我面前，害羞地紅了雙頰。
「問你喔，秋葉。有空的話，等一下要不要去哪裡玩？」
大霹靂來了——！

「帶我去你喜歡的地方。」麗奈對我說了這句話，彷彿是懷舊的流行歌歌詞，我拿出幹勁帶她去了我喜歡的地方。

「好久沒來天文館了。」

坐在一旁的麗奈，聲音聽起來很興奮。

不久後，音樂開始播放，館內就像太陽下山一樣逐漸變暗。

在東京，我能介紹給女生的地方只有這裡，因為我不想在麗奈面前丟臉。這個設施除了天文館，還有宇宙和科學的展示品，甚至還有咖啡廳。要是遇到什麼困難，我也想好辦法了，就是去洗手間傳電子郵件向阿神求救。

「不要讓麗奈覺得無聊」，我一邊回想阿神的建議，在夜空的圓頂天花板描繪著接下來的流程。

音樂靜靜停止，館內變亮。接下來是第二回合，我充滿氣勢地站起來，一回頭就看到身旁的麗奈早已熟睡。

聽到第一次約會的來龍去脈，如果阿神笑笑也就算了，他卻表情僵硬地仰天說：「出局了。」

沒錯，完全出局了。

後來約會的氣氛一點也不嗨。麗奈醒來後，我和她還是很尷尬，就這樣逛了展示品。我一樣一樣仔細說明，還加以講解，甚至和她一起操作了類似實驗的東西。

我看到日本太空人的簽名非常興奮，一旁的麗奈卻偷偷忍住不打哈欠。

進了咖啡廳，雖然有太空食品，卻沒有麗奈喜歡的焦糖瑪奇朵。我們面對面吸著咖啡口味的碎果凍包，像參加守夜的人一樣低頭，沒有像樣的對話。

「別氣餒，秋葉。」

「當然會氣餒，我白白浪費了千載難逢的好機會。」

「還不一定啊。」

我早就知道了。在車站分開時，麗奈露出獲得解放的表情轉過身去。

「總算能回家了。」

那個表情已經註定了我會失戀。

「就算麗奈沒希望了，你還有春櫻啊！」

我抬起頭瞪了阿神。

「抱歉，不過，我不認為春櫻會在天文館睡著。」

「不准提那個人。」

「秋葉啊，你和春櫻後來沒什麼改變嗎？」

變了。因為去冬月家的那一天，我明白了春櫻的企圖。

阿神閉上嘴後看了我一眼，將視線轉移到手機螢幕上。八成又在搜尋打算帶女孩子去的流行店家吧？

「喂，秋葉。」

「幹麼？」

「你喜歡別人的太太嗎？」

阿神把手機螢幕面向我，我忍不住把手機搶了過來。畫面上映著冬月和我。

「據說是羽田秋葉的出軌現場。」

「這是啥？」

「論壇的羽田秋葉討論串。」

「這是……」

「偷拍吧。」

我受到了如後腦勺遭到毆打般的衝擊。

「不對，才不是什麼出軌啦！」

「還有人留言說你精力旺盛喔！你明明是處男。」

阿神露出賊笑，我敲了他的頭。

論壇還貼了別的偷拍照片。我和春櫻、我和麗奈，還有我和冬月。這是在神田一起吃晚餐的那一晚。春櫻明明坐在冬月旁邊，卻被修圖修掉了。雖然時序有誤差，但排列方式足以引起春櫻粉絲的誤會。

「你和春櫻在一起的這張，不是校園內吧？」

是秋葉原，我們去小莉的店那時候。我簡單扼要解釋了那天發生的事和冬月的身分。

「春櫻和姊姊給人的感覺差好多喔。你什麼時候和她們姊妹走得這麼近了？告訴我嘛，我會寂寞耶！」

「我們沒有很親近，只是有些事要談。」

「是喔？貼照片的人不知道她是春櫻的姊姊吧？他只寫說你和別人的太太幽會，目的是煽動群眾嗎？」

「可是，我沒有跟任何人說我們見面的事。」

「你被跟蹤了吧？」阿神用力嘆了口氣，「櫻公主的粉絲，有人火冒三丈了。」

4

有人把宮澤賢治的《銀河鐵道之夜》放在圖書館的借閱櫃檯上，我抬起頭，發現牧村春櫻站在眼前。

「拜託你了，秋葉。」

「麻煩給我借書證。」

「好！」

我公事公辦地收下借書證，辦理借閱手續。
「歸還期限是一星期後。」
「你今天幾點下班？」
「我要待到閉館。」
「那，我等你。」
春櫻完全沒有把我的回答聽進去，抱著剛借好的書，坐在可以放眼觀望櫃檯的閱覽區。坐在占用報紙雜誌閱覽區的常客之中的春櫻，就像一隻降落在垃圾堆的鶴。
「她又來了。」
頭上傳來聲音，我嚇得差點跳起來。提心吊膽地回頭看，美智小姐就站在那裡。
「對不起。」
「為什麼你要道歉？」
美智小姐只有嘴角笑著，整理著歸還的書籍。
「我來弄吧。」
「是嗎？那就麻煩你了。」
我把歸還的書籍放在推車上，離開了櫃檯。推車清空之後回到櫃檯，發現春櫻消失在閱覽區。還以為她去上洗手間了，結果沒有回來。
明明說要等我，現在是怎樣？我在心裡臭罵她，關上了置物櫃，出乎意料的巨響迴盪整個房間，兼職的大叔還回頭看我。我勉強陪笑，打完招呼就離開了圖書館。
我不應該對春櫻沒回來這件事感到煩躁。
我改變想法，仰頭看了天空。這個時間或許可以看到ＩＳＳ（International Space Station，國際太空站）通過。我掏出手機，點了發布消息的網站，想確認正確的時間。就在這時候，我的手機在手心上開始震動。這個感覺應該是她。
我就像翻撲克牌一樣把手機翻轉過來，螢幕上果然顯示著牧村春櫻。
「喂？」
『秋葉，你下班了對吧？等一下可以去你家打擾嗎？我買了鍋燒烏龍麵的材料。』
春櫻背後傳來小孩子高亢的聲音。
「妳現在在哪裡？」
『車站，我該怎麼走？』春櫻毫不遲疑，天真地問道。
身後還傳來千景比她更天真無邪的聲音說：『小春哪一邊？要走哪一邊？』
「千景和妳一起嗎？」
『對呀。小茜發燒了，冬月姊姊帶她去醫院。這段時間我得照顧千景，他說想去你家，我才把他帶過來。我會煮鍋燒烏龍麵請你吃。』
我不知道該從哪裡開始整理一片混亂的思緒，只能啞口無言、動彈不得。我深深吐了一口氣，整理紊亂的腦袋，將困惑、憤怒、些微的喜悅這些情緒，如同按照規則排列的書背一般，仔細地整理清楚。

結果推演出來的答案是「開什麼玩笑」，我朝晴朗無雲的坡道上的神社走去。

「我還有報告要寫。」

我沒等春櫻回答就掛了電話。反正她從來不會對我的話有所回應。

有如放著不管的臼齒蛀牙又痛起來的疼痛感，逐漸在嘴裡擴散開來。電話那一頭傳來的千景聲音，喚起了我不願想起的話。

——春夏秋冬回來了！

那句話的真相，到現在讓我還是很驚訝。

「啊啊！可惡！」

吐出的怨恨聲，正中迎面而來的老奶奶，老奶奶嚇了一大跳。我試圖擠出笑容，但臉頰抽筋根本笑不出來。正當老奶奶一臉莫名其妙地走過我旁邊，牛仔褲口袋裡的手機也同時震動了。是春櫻傳來的郵件。

『甜點你喜歡布丁還是果凍？』

「誰理妳啊！」

咆哮般的叫聲讓老奶奶回頭。老奶奶皺起眉，瞄了我一眼就匆匆忙忙走下坡去。我有一股想抓頭髮的衝動。

在問布丁或果凍之前，我希望她先注意到我拒絕了她。希望她不要主動宣告說要等我，卻又擅自不告而別。希望她不要突然向我求婚，不要輕易說喜歡我，不要天真地在我面前晃過來又晃過去。

過世的父親喜歡秋天，母親叫作夏子，加上兩個女兒就是春夏秋冬。希望她不要把我捲入像扮家家酒一樣的家族遊戲。

我正打算再開始爬坡，手機又震動起來把我攔住。束手無策、決定不再看手機的我，同時難掩好奇心、想知道她要說什麼的我，拉扯著自己企圖打開郵件的手指。

無法戰勝好奇心，是否就是男人的天性？還是因為對方是牧村春櫻，才會讓我變成這樣？

『你喜歡稠稠的布丁，還是牛奶布丁？果凍的話，咖啡口味和水果口味選一個吧！』

到最後，她仍舊不提最根本的問題。在她心中，答案早就決定好了。真的是一個可憎之人。

「果然是一個男人自己住的感覺耶！」一走進房間，千景就囂張地說道。

春櫻將粉紅色的細帶涼鞋整齊地放在玄關，從包包裡拿出白色短襪，換上後才踏進房間。一看到普通到不行的矮桌，她就發出簡短的尖叫聲。

「暖桌！好好喔！」

搞不清楚她是很習慣還是不習慣來男人的房間，反應真是莫名其妙。

千景到處參觀幾乎沒有備餐空間的狹窄廚房、一體成形的浴室，還有書櫃等地方，而春櫻倒是出乎意料地忙著工作。完美得像是事前已模擬過多次的動作，證明她平常就會下廚。

我拿出平常只用來煮拉麵或水煮蛋的鍋子、菜刀，但接下來該做什麼，一點頭緒也沒有。

「秋葉你去坐著吧，只要借我鍋子和菜刀就可以了。」

千景坐在書桌的椅子上，說道：「我也想要快點有自己的書桌。」

「你也想要書桌？」

「小春很嚮往暖桌。」我露出不解的表情，千景就坐在椅子上轉來轉去說道：「暖桌有家人團聚的感覺，所以她很喜歡。」

「是喔？」

「餐桌只有四張椅子，但是暖桌可以坐很多人，很划算。」

除了機能，我對家具沒有特別的想法，實在不太明白。

「『小春』也常常去你家嗎？」

「只有媽媽工作很忙的時候才會來我家幫忙煮飯。但是我們不會一起吃。」

千景滿臉笑容。

千景一點也不像冬月那樣帶刺，而是恰好相反，給人一種敏感的印象。身邊有冬月和小茜那麼強勢的人，或許他活得有些壓抑。

「欸，大哥哥，給我看上次那個螺栓。」

我毫不猶豫地答應了。

千景用小小的雙手接住，螺栓看起來比平常還要大。他仔細地數了螺栓頭的角。

「這個叫作六角螺栓，對不對？」

「你知道的真多。」

「我上網查過了，還查了太空梭。媽媽還買了宇宙圖鑑給我喔！」

千景從椅子上跳下來，從放在腳邊的包包裡拿出圖鑑給我看。

「我想給大哥哥看，所以帶來了。」

看到他靦腆的笑容，即使不願意，還是會聯想到夏芽。他們都希望我能一起看、希望我教他、希望我稱讚他，純真的慾望像打雪仗的雪球一樣，打中我的胸膛。

等我回過神時，我已經自然而然地撫摸著千景的頭。

「給我看吧。」

「好！」

我是從什麼時候開始，對夏芽的渴望感到痛苦呢？只要她哭了，我就會理所當然抱起她。手心記得牛奶的溫度，也幫她換過尿布、幫她洗過澡，甚至幫她每天梳理那一頭和我完全不同、像高級絲綢般的黑髮。

我們去散步過，也看過書，也像這樣，兩個人一起盯著打開的繪本。夏芽奉獻了自己，讓我學習了人體的成長過程。

而感動的連鎖是在何時停止的呢？

「來，煮好囉！」

春櫻把鍋子放在矮桌中央，鹹甜的香味蔓延到整個房間。春櫻先添了我的份，還在烏龍麵上放了煮得偏硬的蛋。

「大熱天吃熱呼呼的東西，好開心喔！」

春櫻點點頭，在千景的烏龍麵上放了半熟蛋。

「我還要麵麩。」

「拿去，麩多多的烏龍麵。」

春櫻在最後才添了自己的份，和我的麵一樣放上凝固成白色的硬蛋，然後坐在我的對面。

「開動了！」

母親不在身邊，千景也會乖乖打完招呼後再開動。我仿效他雙手合十，然後吸了烏龍麵。

「湯會不會太鹹？味道和關西是不是不一樣？」

「不會，很好吃。」

雖然是偏見，但我對當模特兒的女性印象就是不會煮飯，不過春櫻煮的鍋燒烏龍麵非常好吃。我和千景爭先恐後地吃完，連湯都喝光光。

「欸，大哥哥，你也把六角螺栓給小春看吧，她說她想看。」

「我聽千景說，那是秋葉的父親做的。」

「只是開小工廠的老爸做的，很普通的螺栓。」

「但是，可以去宇宙的螺栓感覺是日本工匠的技術，很酷啊！」

春櫻很坦率地展現欽佩。

她的模樣太耀眼了，我搔了搔臉頰。至今從未給別人看過的螺栓，經過風間兄妹和冬月，來到春櫻的手上。螺栓放在她的手心裡，看起來就像飼養很久的家貓。

「這就是太空梭的一部分啊！好厲害喔！」

「是我小學時候的事了。現在應該有成本更低、品質更好的東西。」

春櫻搖搖頭，彷彿有點責備我用自卑的口氣說話：「才沒那回事。不管是哪個時代的事，既然有人需要，就應該引以為傲。秋葉你也是這樣想，才會隨身攜帶螺栓吧？」

她從千景手上接下麻袋，把螺栓小心翼翼放進袋子裡，打結後歸還到我的手心。

春櫻突然站起來發號施令，「機會難得，來拍照吧！」

「哇！來拍來拍！」

吃飽喝足的千景，用他能量滿滿的身體當場跳來跳去。

「秋葉，還有千景，你們在那裡排好。」

春櫻從包包裡拿出相機。她舉起的相機，是連我這個對相機沒什麼研究的人都認識的品牌。

「要拍了，笑一個。」

千景在臉旁邊比了V字，露出燦爛的笑容。

「秋葉，你的表情好僵硬喔。再拍一張。」

春櫻一邊說，一邊熟練地捲軟片。

「妳那臺不是數位相機？」

「不是，我要拍了，笑一個。」

我有點自暴自棄地笑了。

春櫻按下的快門聲，不是電子音效，而是沒有殘影又堅決的聲音。

《萊卡》和牧村春櫻，這樣的組合令人意外。

「接下來在書桌前拍。」

千景跳到旋轉椅子上坐下。

「等我上小學，我要叫媽媽買這種書桌給我。」
春櫻按下快門，像是要把千景的憧憬傳送到未來。
「那臺萊卡是牧村學姊的東西嗎？」
「你知道萊卡？」
春櫻忽然興奮了起來，我有點慌張。
「畢竟很有名，我好歹有聽過。」
「這是我爸爸的遺物。可是我老是被拍，不知道正確的用法，目前是拜託現場的攝影師教我怎麼用。」
後來，春櫻就口若懸河地開始聊相機。但仔細一聽，才發現她說的是父親的事。
像是父親代替早逝的母親，參加了學校的所有活動，還為了運動會買了萊卡相機。一開始拍的照片全都沒對焦，而迷上攝影的父親，連參加班親會都帶相機去，在教室按了快門，結果被老師罵。
他是任何時候都笑逐顏開的一個人。
在冬月家看到的父親照片，給人的印象就是在狹小的研究室裡，用鑷子夾昆蟲標本，跟春櫻口中的父親簡直判若兩人。開朗又健康，宛如家庭劇中的父親。
「好像變成在聊家父了。我啊，有戀父情結。」
春櫻吐出舌頭說的話，原封不動地回到我身上。我心想我們根本是同類，但這句話說出來可能會讓她很開心，所以我保持沉默。

春櫻的包包裡，突然傳來手機的來電鈴聲。

「啊，是冬月姊姊。」

她走到廚房才拿起手機。

「大哥哥，問你喔。」

千景拉了我的T恤下襬。我一彎腰，千景便把臉湊過來。雖然男女不同，但幼兒的氣味充滿著天空、風和大地所蘊含的地球氣息。

「怎麼了？」

他就像用不靈巧的指尖解開繩結一樣，咬了嘴唇。千景的肌膚發燙，或許是玩得太瘋，有點睏了吧？我正打算告訴他可以睡我床上，千景就先開口了。

「大哥哥有秋天和夏天對不對？拜託你，把春天和冬天連起來。」

「什麼意思？」我問道，千景又把嘴扁成一字形了。

我想他正在思考。他想對我訴說些什麼，但沒辦法將內心的情感套用在適合的言語上。千景無法吐露卻也無法嚥下，一大塊東西卡在胸膛，幾乎要窒息了。

我輕輕撫摸千景的背，大顆的淚珠從他的眼眶滾落。令我訝異的是，千景先是窺探了春櫻的情況。確認她背著我們講電話後，才彷彿放下心中的大石，把臉埋在我的肩膀。

「求求你啦，大哥哥。」
既然摸不清千景的企圖，但我也說不出「包在我身上」或是「我不要」那種話。唯一知道的就是，這名少年很在意春櫻。
五歲的男孩是否也產生了自尊心，不想讓阿姨看到淚水呢？
我撫摸、輕拍千景的背，他就越往我身上靠，等春櫻回來時，他已經闔上了雙眼。
「冬月姊說了什麼？」
春櫻動作熟練地讓千景躺在床上，背對著我回答：「她說現在要過來。」
「來我家？」
回頭的春櫻面露微笑。正因為她平常的笑容是那麼完美無缺，看得出來她現在的臉有些扭曲。
「秋葉，你叫她『冬月姊』？」
「呃？」
「你們什麼時候感情變得那麼好？」
「沒有很好啊。」
「那為什麼你會去她家吃飯？為什麼千景說想要宇宙的書，冬月姊姊就輕易地買給他？」

這些事我怎麼會知道？春櫻的表情變得不知道在生氣還是在哭，但我可以清楚明白她的情感。這幾天像鐘擺一樣搖晃的假設，撞擊到確信不疑後終於停了下來。

在腦海劇烈打轉的憤怒，終於掌握到了目標。

「那妳可不可以放過我？不要再把我牽連進去。」

「什麼意思……？」

被人視為公主看待，甚至準備了專屬士兵的她，想必從未有人對她說話這麼放肆吧？這一點也讓我很不爽。

「我的意思是，不要因為什麼春天冬天的就連累我。牧村學姊，妳只是想要一個藉口吧？」

我自認為很清楚自己的市場價值，但我也不是傻瓜，被人明目張膽地當作人生的棋子，還要反過來感謝對方。

「妳只是想利用我和夏芽，讓妳們姊妹的關係變得更融洽。」我眼看著春櫻的臉越來越慘白，繼續說：「妳喜歡的人不是我，只有『冬月姊姊』。」

春櫻就像斷了線的木偶，當場癱軟。我俯視著表情完全消失的她，感受到憤怒的熱度逐漸褪去。

「但我沒辦法幫助妳們。」

「沒這回事！」

春櫻猛地抬起頭。她哭得比剛才的千景更激動。小孩子的淚水和她的淚水，論衝擊的等級大概差了一百倍。

「有秋葉在，冬月姊姊就會變得比較溫柔。」

那個人一點也不溫柔，她只是樂在其中。

我屈膝和春櫻眼神交會。

「秋葉去冬月姊姊家的那一天，我一去她就對我說『歡迎妳來』，這是她第一次對我說這種話。」

痛心到令人看不下去。

冬月的「歡迎妳來」根本沒有歡迎的意思，為什麼她不明白呢？我認為春櫻不應該繼續追隨冬月。說穿了，春櫻和冬月就是旋轉木馬的馬。即使不停追趕，也不可能並肩奔馳，就如同春天和冬天是正好相反的季節。

我想把這個事實告訴她，想盡可能選擇讓溫和、樂觀的她也能夠理解的言語。但在我開口之前，春櫻就先把槍口指向我。

「我喜歡秋葉。」她堅決的眼神像挑戰似地射穿了我，「和秋葉在一起，我覺得心情很平靜、很療癒。這是我第一次對別人有這樣的感受。」

春櫻緩緩地把額頭抵在我的胸膛。從未聞過的香甜氣味，把我的鼻頭搔得好癢，全身顫抖。但唯獨腦袋異常冷靜，我分析著春櫻說的話。

「我和妳父親不一樣，只是因為『秋』這個字讓妳有所錯覺。」
「不是這樣！」
春櫻把額頭抵在我的胸膛，左右摩擦地搖頭；我用力拉開她，口無遮攔地說：
「既然如此，妳想跟我接吻和做愛嗎？」
「什……」
「既然妳說喜歡我、我很療癒、想跟我結婚，就表示可以跟我做這些事吧？」
春櫻倒抽了一口氣，淚珠從脖子流下去，落在鎖骨的凹陷處。她慢慢把臉湊近。我也沒有閉上眼睛，但春櫻絲毫沒有動搖。
「妳要躲開啊！」
「咦？」
「要推開我啊！」
「但是……」
——我並不討厭嘛。
一句話就消滅了我的氣勢，春櫻趁機主動親了我。
遭到雷擊般的強烈衝擊，貫穿了我的中心。
「妳在做什麼？」
「扣扳機的人是秋葉喔。」

春櫻的眼神沒有遲疑。

我用自己也不敢相信的力道，將春櫻纖細的身體用力攬過來，再次渴求她的雙脣。我心中沒有任何化合物，純度百分百的慾望，像幼兒般凶猛地冒出來。

也因此沒有一絲心醉神迷或感慨，只是單純渴望她的觸感、氣味、體溫、光滑的肌膚和豐滿的胸部。慾望像是沒有咀嚼就嚥下的食慾那樣。春櫻從雙脣間洩漏出的痛苦呼吸煽動了我撲倒了她，粗魯地揉捏她的胸部。我侵犯著她的雙脣，咬了她的脖子，將手伸向襯衫的釦子。

春櫻在我的身下哭泣，大顆的淚珠從眼角滾落到耳朵。

就在這時候。大門響起被機關槍掃射般的劇烈聲響，震動了整個房間。

「春櫻！快開門！春櫻！」

冬月來了。

巨響吵醒了千景，春櫻立刻靠到他身邊。我急急忙忙打開了門。

我的手還放在門把上，冬月就推開門大步走進來。春櫻坐在床上抱緊千景，冬月揪起她的胸口，毫不猶豫就賞了她一巴掌。

「妳在搞什麼！」

千景哭得更大聲了，破壞了房間的平衡。

「妳不要利用千景！」
「我只是希望千景開心！」
像是要打斷春櫻的話，冬月的掌心又狠狠打了下去。挨了耳光的春櫻，從床上倒在地板上。我出於本能動了起來。
會有這樣的反應，是因為自小就有挨揍的人比較弱的觀念，並不是要比較她們的優劣。我擠到她們兩人之間企圖保護春櫻，冬月俯視我的眼神，宛如點火的酒精般熊熊燃燒。
「果然沒錯。」她的聲音彷彿菜刀從正上方落下，「結果你也喜歡春櫻啊。」
冬月用她的尖下巴指向春櫻。
「那種事怎麼樣都無所謂！不要打人！」
「你不要插嘴管我們的事！」
藍色的火焰朝我猛撲而來。但比起父親吹起如黏稠岩漿般的熱氣，地獄的痛苦程度要好多了。
「不要打自己的家人！」
冬月的表情扭曲了，那是倒數兩秒之後，就要嚎啕大哭或怒吼的表情。她把兩條導火線都切斷了，抱起在床上哭鬧的千景。
「冬月姊姊！」

「別再和千景見面。」

「等一下！」

「不要碰我！」冬月打掉了春櫻伸向她的手，「休想把千景當作妳的工具。我們並不是為了妳而活的。像爸那樣的人，一個也沒有！」

「……」

「任何事都幫妳準備好、任何事都幫妳選擇好、任何事都原諒妳的外人，根本不存在。拜託妳面對，爸已經死了，妳得認清現實！」

「我……」

「不要把羽田當作妳逃避現實的工具。」

冬月看了我一眼，但她什麼話都沒說，而是一起抱起千景的包包離開了。留在房間裡的我，沒有勇氣對杵在原地動彈不得的春櫻背影搭話。彷彿我一開口，她就會化成沙子當場崩塌，這實在太可怕了。

過了一會兒，春櫻不發聲響地動了起來，走出了房間。

「牧村學姊！」

我光腳衝出房間，白熾燈下身影朦朧的春櫻回頭了。

精神遭到嚴重打擊，化為魂魄容器的她，就像一幅無法用任何形容詞表現，缺乏立體感的機械畫。

她悲傷地喃喃說道：「這樣還不算是戀愛嗎……？」

我連追上去的勇氣也沒有。

5

自從那一晚之後，春櫻就消失了蹤影。我們既沒有在大學校園內相遇，她也沒有來圖書館。她借走的《銀河鐵道之夜》，不知不覺就歸還了。

我正煩惱不知道該怎麼處理春櫻的包包時，藤井華夜就來拿了。華夜迅速閃人，我問她春櫻後來怎麼了，她只留下這句「不要繼續干涉」的警告就離開了。

手機應該已經回到春櫻手上了，但她並沒有聯絡我。

放暑假前，我聽說麗奈有男朋友了。這是阿神探聽來的情報，錯不了。

「死了嗎？」

「我死了……」我趴在車站前速食店的桌上呻吟。

「想知道對方是誰嗎？」

「你連這個都知道？」

「因為……麗奈到處講啊。」

要是從麗奈口中聽到她放閃，我的暑假就形同毀滅了。

「攝影師，《Sucre》的。」

我抬起頭，阿神尷尬地喝著可樂。

「那個人是牧村春櫻的？」

「和她有關係吧？果然。」

「原來你並沒有知道得那麼詳細啊。」

「真相通常很可怕，我不想查清楚。」

他說得沒錯。懦弱的我，不想知道大多數的真相。但是，這是我必須知道的真相，肯定遲早會知道，我有這樣的預感。

快要放暑假的某天，我拜託阿神帶我去新宿的百貨公司。

「不覺得兩個男人逛童裝區很奇怪嗎？」

「會嗎？」

比起這個，更重要的是，要選粉紅色還是藍色。

「秋葉，我去樓下的咖啡廳等你。」

「不准一個人跑回去喔！」

「我知道。你也差不多該習慣山手線了吧？大阪也有環狀線不是嗎？」

阿神傻眼地說，我無言以對，一個人被留在童裝區。但這麼一來，我就可以慢慢挑選要粉紅色還是藍色，結果鬆了一口氣後，黃色也映入眼簾，讓我更煩惱了。

好不容易選定粉紅色的運動鞋，拿到收銀臺結帳。

「麻煩在這裡填寫收件地址。」

我在店員遞給我的快遞託運單上，填入老家的地址和希望配送的日期。只有在填寫的時候，我受到了良心的苛責。

前些時候，母親寫信給我，問我會不會在夏芽的生日回家？她無論何時都以夏芽為中心的態度讓我很火大，所以我當天就告訴美智小姐，暑假也要和平常一樣排班。

「如果是生日禮物的話，也可以附上卡片喔。」貼心的店員拿出樣本給我看，但我拒絕了。離開童裝區後，我的手機就響了。

還以為是阿神等到不耐煩，但螢幕上顯示的是牧村春櫻。

「喂？」

電話另一頭的春櫻，似乎被我緊張的口氣嚇到，有一瞬間的空白。但隨即就聽到那個一如往常的開朗聲音，「秋葉，你現在在哪裡？」

「我在新宿。」

「等一下方便碰面嗎？我有東西要拿給你，我在小莉的店。」

我答應的速度快到自己都很驚訝。

一掛掉電話，我連忙趕到樓下的咖啡廳。阿神和兩個女孩子坐在一起，我大吃一驚。

「總算來了。他就是羽田秋葉，沒有經過品川喔。」

女孩們咯咯笑出聲，我把阿神帶到咖啡廳門口。

「我們聊到要不要等一下四個人一起去唱歌，你去嗎？」

「你的社交能力實在高到讓我驚訝。」

「送妹妹的禮物買好了嗎？這位哥哥。」

「抱歉喔，讓你陪我來買，但還有另一件事要向你道歉。」阿神皺起眉，我在他面前雙手合十，說：「對不起，今天就此解散吧！」

阿神似乎理解了什麼，揚起一邊的嘴角。

「是春櫻吧？」

「你、你怎麼知道……」

他抓住我狼狽不堪的手臂，把我拉到離咖啡廳有點遠的昏暗電梯廳。

「結果你還是喜歡上了春櫻？」

阿神坐在顧客休息用的沙發上，翹起二郎腿。

「我喜歡的只有桐原麗奈，雖然我失戀了。」

「可是她臨時叫你去，你還是答應了。」

「因為，有件事我很介意……」

他說得沒錯。我又不喜歡她，她對我也沒有戀愛情感。我認為沒有。那個吻和意外差不多，不然當時春櫻為什麼要哭？這一點實在很曖昧。

她的所有想法明明很清楚，我卻還沒有找到最後的解答。

「去吧！」阿神的聲音就像落在水面的水滴。我抬頭一看，阿神對我笑了，「我有她們陪，你不用在意。」

阿神站起身，拍了我的肩膀要我加油。

「真的很拍謝。」

「沒關係，幫我跟春櫻問好。」

阿神上一秒才送我走，當我一轉身卻又叫住了我。一回頭，我發現他用有些冷漠的眼神看著我。

「你別老被她牽著鼻子走，不然遲早會窒息的。」

和阿神分開後，雙腿自然而然跑了起來。明明身體自認為很冷靜，但心卻很著急。不知不覺，我的雙腳早已沉浸在名為牧村春櫻的大海裡，或許已經泡到腰部了吧？

雙腳還踏在地面上，但實際上可能只有大拇趾著地，也或許已經站著游泳了，甚至再來一波更大的浪，就會直接溺水。

我不喜歡這樣的關係。

我熱愛安寧的生活，受夠了必須為了和某人在一起或分開而苦惱。既然如此，我現在心急地去找牧村春櫻，又是怎麼一回事？

抵達女僕咖啡廳，坐在裡面靠牆位置的春櫻，立刻站起來向我揮手。見到面了。

猶如終於抵達岸邊的喜悅，這股安心感到底是什麼？

一發現我到了，小莉就一臉凶相衝了過來。

她揪住我的胸膛，把我從剛踏進的大門推出去，然後壓在大樓樓梯轉角處的牆上，威脅的手法就像慣於恐嚇的不良少年一樣流暢。

「秋葉，到底是怎樣？」

「什麼怎樣？」

「你沒有跟春櫻交往嗎？」

「才沒有！」

「我並不打算干涉春櫻的戀愛，但擺明會欺騙女人的男人配不上她。我雖然不認為你配得上她，但你好歹比別人好多了。」
「我聽不懂妳在說什麼，還有，我的手很痛。」
小莉用力咂嘴，甩了下巴。
「跟我來，快點把那個色狼趕走。」
「誰啊？」
「要是春櫻出了什麼事，我真的會殺了你。」
她用滿滿荷葉邊裙子下的腳，踢了我的大腿，又把我推回店裡。小莉瞬間變身成勤快的女僕，把我帶到座位上，那一桌坐了春櫻和一個男人。
「那，改天見，濱崎先生。」
「改天再約我喔，春櫻。」
「不行，你已經有麗奈了。」
「為了春櫻，我隨時可以拋棄她。」
「不要說這種話，要緊緊抓住她喔。」
春櫻微笑目送他離開，男子站起來後回頭。一雙酷帥的眼睛、晒成褐色的皮膚間露出雪白的牙齒。這副外貌若標示成東京的夏季男子，拿出去展示想必也沒人會提出異議。
男子走出店以前，還對春櫻送了飛吻。第一次親眼目睹飛吻的我，對那個裝模作樣的男人全身起了雞皮疙瘩。

「秋葉，請坐。」

春櫻的聲音讓我回過神來，我坐在剛剛那名男子的位子上。小莉過來把他喝過的冰咖啡收走，避開春櫻並凶狠地瞪了我一眼。

「送你，這是沖繩的伴手禮。」

春櫻把畫著朱槿花的紙袋放在桌上。她和上次的模樣落差實在太大了，我目瞪口呆。

「牧村學姊，妳去了沖繩啊。」

「對呀，去拍照。」

「完全沒有晒黑。」

「晒黑了就不能拍秋季號的雜誌了。不過，拍攝時有塗粉底，假裝自己晒黑了。」

「原來是這樣。」我佩服地說，春櫻笑得很開心。我打起精神問道：「那剛才那個人是誰？」

「濱崎先生，麗奈的男友。」春櫻不顧啞口無言的我，用聊天氣般的口氣繼續說：「今天啊，我跟濱崎約會了。」

我無法理解她說的話，眼睛眨個不停。我在小莉端來的冰咖啡裡，加了很多平常不會加的糖漿。當機不動的腦袋需要糖分。

「約會?誰和誰?」

「濱崎先生和我。」

「可是他不是麗奈的男友嗎?」

「沒錯,因為他說只要我和他約會,他就答應和麗奈交往。」

「呃,我實在無法理解。」

「秋葉,麗奈交了男朋友。」

「我知道。」

「很遺憾,你失戀了。」

好可怕。如同阿神所說,真相通常很可怕。

「所以,你和我交往吧。」

「我聽不懂妳在說什——」

「我和秋葉之間已經沒有任何阻礙了,麗奈已經屬於濱崎了。」

「請問……該不會是妳做了什麼,才會變成這樣的結果吧?」

「你說呢?麗奈需要進《Sucre》的管道,所以常常來攝影棚,碰到工作人員就示好。她真的很厲害喔!被華夜罵也不會氣餒,我好佩服她。」

我的腦海裡浮現了梅雨季時,麗奈在實驗大樓被華夜逼問的情景。

「其中麗奈最積極示好的對象,就是濱崎先生。」春櫻像美麗的鳥兒啼叫般繼續說：「我看到他們聊得很愉快，就靈機一動！所以我拜託濱崎先生和麗奈交往，結果他答應了，條件是我要跟他約會一次，就是今天，但我們只有約會喔！」

「……如果濱崎先生說要和妳去一次賓館，妳怎麼辦？」

「哇！秋葉你好敏銳喔！不過今天說好了，真的只有約會。」

「要是對方說下次去賓館呢？」

「怎麼辦呢？如果他會緊緊抓住麗奈，或許會去吧？因為這麼一來，秋葉就是自由之身了啊。」

剎那間，我用力握緊了裝滿冰咖啡的玻璃杯。如果有那麼一瞬間，理性失去了平衡，我或許就會把玻璃杯裡的咖啡，潑到春櫻臉上。

我努力壓制住因憤怒而發抖的身體。我討厭暴力。

「我不會喜歡上妳。」

「什麼？」

「不管桐原喜歡上誰，那都是兩回事。少瞧不起人了！」

我站了起來。

「等等，秋葉！」

小莉抓住我的手臂，我反過來抓住她，在她的手心塞了一千圓。

「這是咖啡錢。」

走出女僕咖啡廳所在的住商混合大樓，來自柏油路的熱浪毫不留情地襲擊我。但我的內心更加火熱，見人就想揍的凶暴自我在體內翻滾。

「等一下，秋葉！」春櫻的聲音傳了過來，但我沒有回頭，「秋葉！」

春櫻繞到我的前面，面容天真無邪到令人懼怕。表情看起來完全不明白我在生什麼氣。

「為什麼要這麼生氣？因為麗奈交了男朋友？」

「不是。」

「如果你不高興，我會拜託濱崎先生和她分手。這樣可以嗎？」

「妳是北七嗎？」

「怎麼可能每件事都如妳所願！」

春櫻似乎不曉得北七（註3）的意思。

「那，我該怎麼做，你才願意和我在一起？」

路過的男性們毫不客氣地看向我們。我按捺住恨不得揍飛每一個圍觀群眾的情緒，拉起春櫻纖細的手臂，把她拖進小巷。

「強姦啊！」「快報警！」「拍起來！」

註3　這裡秋葉使用的是關西腔，為了表現出區別，翻譯使用了白痴的臺語。

我們背後傳來嚷嚷聲，和春櫻一起從店裡奪門而出的小莉則大喝一聲，制止了群眾。我冷漠地俯視著春櫻。

「為什麼要對我這麼執著？」

「因為……」春櫻像小貓一樣，在滿是垃圾的小巷發抖，說：「銜接春天和冬天的，就是夏天和秋天嘛。」

「對呀。」

我的腦袋中心悶痛著，感到頭暈目眩。

「因為我是『秋天』，而且我還有『夏天』，是嗎？」

「我受夠了妳的家族遊戲。」

「這不是遊戲。」

「妳給我適可而——」

「我喜歡秋葉，希望你永遠和我在一起。只要願望能實現，我什麼都願意做。」

「妳喜歡的不是我。妳只是把我和妹妹，當成欠缺的雙親替身。」

「不是的，我是真的喜歡秋葉！」

「就跟妳說這不是愛情！」

春櫻抓住我的襯衫，企圖挽留打算轉身的我，甚至把臉湊了過來。還以為她頂了我的鼻頭，沒想到是嘴唇被點燃了火熱。我慌張地扯開春櫻的身體，她的裙子就像水母般飄了起來。

「妳在做什麼？」

「我到底該怎麼做？」春櫻用挑戰的眼神仰看著我，「我該怎麼做，才能讓你明白這是愛情？要談什麼樣的戀愛，你才會認定這是愛情？」

那是一種撕心掏肺的感覺，眼睛看不到，也無法解開問題找出答案，但確實存在於人類的基因裡。所以世界上才會存在著愛情歌曲和愛情故事這種共通語言，人類就像聚集在方糖的螞蟻一樣，渴望啃食那份甜美。

「我希望秋葉喜歡我，才會穿這種衣服。」

春櫻自嘲似地俯視自己的衣服。輕飄飄的剪裁，淺色色調。看到我找不到答案，她無力地笑了。

「你沒有發現嗎？我一直在模仿麗奈的服裝。」

我啞口無言。

模仿的人明明是麗奈，是麗奈在模仿雜誌裡春櫻穿的衣服。我這麼想的同時，將春櫻從下往上掃描一遍。只要換掉長相，的確就會變成麗奈。

「為什麼要這麼做？」

「因為我以為你喜歡這種衣服呀！我明明只看漫畫卻特地上圖書館，科幻小說有看沒有懂，但因為你喜歡，我也想學著喜歡。光是這麼做還不夠嗎？」

我的後背滲出汗水，春櫻將身體靠過來，我下意識地想逃開，卻被逼到牆邊動彈不得。不知不覺間，我們的立場互換了。

春櫻舔了嘴脣。她的脣覆蓋了一層水潤的膜，吐露出的話語，像是有著甜美尖刺的金平糖。她說話的方式，就像用手心接住掉落的金平糖，一顆一顆撿起來，然後用指尖塞進我的嘴裡。

那些話在我的舌頭上溶化，流進我的體內。

眼前的她，才是真正的牧村春櫻。

秋葉我問你，冬月姊姊是不是告訴你，我就像在無菌室長大的？

啊，你果然知道這麼多。

可是啊，我不是童話裡的女孩子。我跟其他人一樣有過初戀。

我也曾經和男人交往過。

你好像不怎麼驚訝。原來你不認為我是沒經驗的女人啊。

那個人是有「春天」的人，他是爸爸主治醫師群裡的年輕醫師。我以為只要偎著「春天」，就能減輕失去父親的寂寞。但是，我們很快就分手了。我並不是討厭他才分手的，是他討厭我了。

講白了，不知道什麼時候開始，他和冬月姊姊交往了。

你對這件事比較驚訝啊。

他說比起在無菌室長大的戀父女，和冬月姊姊在一起更能放鬆。

後來，我遇到了有著「夏天」的人。他是造型師，開朗又擅長社交，是冬月姊姊討厭的那一型。所以這次我認為絕對沒問題，相反的，我還期待他的社交能力，可以牽起我和冬月姊姊。

結果還是一樣。

不知不覺間，冬月姊姊開始和他聯絡——秋葉你也是——據說冬月姊姊告訴他：「春櫻只是在找『夏天』。」

我否認了，我說這件事一點關係也沒有，可是他不相信我。

冬月姊姊對他說：「只要那個人有『夏天』，不管是誰，春櫻都會和他上床。」

或許這句話是致命傷吧？

我不是那種毀滅型的人。可是到頭來，他們都相信冬月姊姊說的話，卻不相信我的心。

秋葉你說過，我喜歡的是冬月姊姊，對吧？或許你是對的。畢竟她是我唯一的親人嘛！我當然想和她親近。但是我很清楚，她討厭我。

秋葉，你的情緒都寫在臉上耶。

不管再怎麼遲鈍，我還是知道。和討厭我的人在一起會消耗很多能量，做任何事都得戰戰兢兢的，還要看對方臉色，所以對方會更討厭我，我非常清楚。

可是啊，老實告訴你，我很怕冬月姊姊。只要我犯下一個錯誤，我們的關係就會完蛋。像走鋼索一樣的關係非常累人，我也渴望安寧。可是，給予我安寧的父親已經不在了。

爸爸過世的事實，我早就接受了。在他身邊看著他臨終的人、處理喪葬事宜的人、撿骨和安放骨灰的人，通通是我啊！都做到這種程度了，怎麼可能逃避現實呢？至於牌位，冬月姊姊說應該放在長女家，所以拿走了。

爸爸他呢，非常溺愛我。

與其說是當作女兒疼，更像是把我當作死去母親的替身。有時候他會叫我「夏子」，其實逃避現實的人是我爸吧？

但我喜歡爸爸。所以他留下的萊卡，就是我的寶物。

我媽媽心臟不好，等不到心臟移植就過世了。聽說那種病可能會遺傳，所以爸爸才用近似隔離的方式扶養我長大。明明冬月姊姊得病的機率和我一樣，為什麼只顧著我，不用想也知道吧？

嗯？不要緊啦，我每年都有做遺傳病檢查，目前沒有遺傳的疑慮。謝謝你。冬月姊姊也平安生下了孩子，上帝好像沒有爸爸想得那麼殘忍。

可是，我的長相一直讓爸爸很擔心。

我超討厭自己的長相，甚至比冬月姊姊更討厭自己。

秋葉，不要那麼驚訝嘛！

我也知道冬月姊姊討厭我的理由。畢竟我們從出生就是姊妹了，當然知道對方在想什麼。

我上國中後，爸爸隨口說了一句「冬月和春櫻一點也不像」，我想應該是在日常生活的瑣碎對話中。但是，那一天之後，冬月姊姊就再也不跟爸爸講話了。

家裡的氣氛變得很僵、很危險，我想盡辦法要解決這個問題，結果有一天，冬月姊姊突然說要結婚，就這樣離開了家裡。

爸爸住院後，她說自己是嫁出去的女兒，所以完全沒有照顧過爸爸，也從來沒有來探病。

可是，爸爸還是愛著這樣的姊姊。

因為他臨終前最後說的話是「妳要愛冬月，連我的份一起愛，拜託妳了」。我認為這是爸爸的真心。所以我決定了。我要把爸爸留給我的東西，送給冬月姊姊。

可是我失敗了好幾次，不斷被頂撞回來，找不到突破的關鍵。

就在這時候，我遇見了秋葉。

你是一個有「秋天」的人耶！對不起，我承認，你說得沒錯，我確實認為可以拿你當作藉口。我想說一般的交往很可能又會失敗，才會說要跟你結婚，對不起。

可是啊，接近你、了解你、看到在圖書館工作的你之後，我的心好平靜。你或許不相信，待在你身邊，我真的覺得很舒服。

我把你當作藉口的這件事，請你不要生氣。

一開始是這樣沒錯，但是現在不一樣。

你問我什麼時候變的？

這個嘛……

一起去神田的時候，你在電車裡若無其事地和我交換位置，你還記得嗎？或許你不記得了，畢竟是微不足道的小事。但是呢，當時我後面的男人正打算把手伸到我的裙子裡。

雖然很害怕，可是我當時不想給你添麻煩，所以說不出口。後來你和我交換了位置，讓我站在靠門那一側。或許你不是刻意那麼做，但是我被你保護了，我對你心動了。

再後來，我聽說你去冬月姊姊家，我真的很嫉妒。

這次我真的恨死了冬月姊姊。我明明是為了和冬月姊姊和好才接近你，也知道吃醋很矛盾。可是，我真的真的很不甘心！麗奈也是，我好羨慕她，也很不服氣，所以我利用了濱崎先生。

對不起，我一直傷害你，真的很抱歉。

可是，我真的很不希望別人搶走你身邊那個位置。
我的動機很不單純，對不起，我向你道歉。
可是現在，我真的很喜歡你。只要對象是你，接吻和做愛我都辦得到。因為我一直祈禱，希望你想和我做愛。
如果你覺得這依然不是愛情，那我不明白，到底什麼才算愛情了。

我被打敗了。牧村春櫻是個非常正經的人。
別人討厭她，她會有很正常的痛苦，也不需要誇張的理由就會墜入愛河。
她是個沒有什麼特別之處，隨處可見、沒個性的人。是我把她擅自認為她特別，誤以為是身邊的人太過寵她，才讓她超脫常軌、有格外樂觀的思考，擅自認定她是個一無所懼的人。
只因為她擁有任何人都欽羨的美貌，我就把她供奉到高處了。
配不配得上、適不適合，庸俗懷疑的想法遮蔽了我的視野，只用表面去做判斷。
開始下雨了。

第四章　黑洞

1

春櫻沒有參加社團的暑假露營。身邊的人理所當然地跑來問，我知不知道她不參加的理由，但我怎麼可能知道。

麗奈也沒有來露營。理由很明白，而我也能夠冷靜接受這個事實。

從露營回來後，我鼓起勇氣打電話給春櫻。本來想傳電子郵件，但無論我寫什麼，只要想到對方不知會如何解讀，我就很害怕用缺乏抑揚頓挫的文字去溝通。

「啊，秋葉？真的是秋葉嗎！」

春櫻的第一聲就讓我鬆了一口氣，幸好我選擇打電話。比起閃亮亮的郵件，她的聲音更能徹底傳達她的喜悅和安心，所以我也變得很坦率。

「我想見妳。」

拍攝好像延誤了很久，直到九點過後，春櫻才來到約定的地點。衝進店裡的她似乎是一路跑過來的，頭髮和襯衫都比平常亂。

還沒有坐下，也沒有任何開場白，她就先大叫道：「麗奈的事，對不起！」

春櫻低下頭，掛在肩膀的包包像撞擊除夕大鐘的圓木一樣，用力打到冰咖啡的玻璃杯。翻倒的冰咖啡把我的上衣和褲子都染成了咖啡色。

「對、對不起！」

春櫻著急地從包包拿出手帕擦拭，但轉眼間手帕就溼透了。她陷入恐慌，用包包裡的白色開襟外套，擦拭桌面和我的上衣。

「牧村學姊！那是衣服！」

「對不起，我明明是來道歉的！」

「沒關係。妳的衣服會弄髒的！」

「可是你的上衣溼透了。」

春櫻狼狽到讓我很惶恐。原來她也有這樣的一面啊。我一邊心跳加速，一邊用紙巾擦拭桌面和襯衫。我把被拿來擦拭的手帕和外套，裝進跟店員要來的塑膠袋裡交給春櫻，她的聲音幾乎小到要聽不見了。

「我會付洗衣費。」

「只是一件T恤，我不會送洗啦。反而是妳的外套看起來很貴，我比較擔心。」

「沒關係，丟掉也無所謂。」
「不要丟啦，漂白後還可以穿。雖然會有一點咖啡的味道。」
我先笑了，春櫻也跟著我笑了。
後來，我們聊了沒見面的這段期間所發生的事。春櫻說她只是單純因為拍雜誌很忙，所以沒參加露營。不只《Sucre》，她還有其他雜誌的工作，所以暑假非常忙碌。
「妳還是老樣子，過得多采多姿。」
「現在算是旺季嘛。」
乍聽之下不知道她是什麼意思，但稍微想一下就猜到了。
「意思是妳自己賺生活費嗎？」
姊妹之間有著約吃飯的那一方必須付錢的規定，怎麼可能不獨立。
「模特兒是華夜擅自幫我應徵才開始的，但薪水比一般打工要好，算是幫了我很多吧？還可以趁機學相機的用法。」
「一舉兩得啊。」
忽然覺得脫口而出的話非常羞恥，我不禁低下頭。獨自謀生的春櫻，感覺比實際年齡還要成熟，對比少了父母的錢就無法生活的我，我實在幼稚太多了。
「秋葉在想什麼，馬上就會寫在臉上耶。」

「對不起。」

「今天來道歉的人應該是我啊。」春櫻苦笑，接著她調整好坐姿，吐了一口氣並冷靜地說道：「麗奈的事，真的很對不起。」

我搖搖頭，「那只是我在單戀她。」

「可是你們是因為我才認識的，煽動濱崎先生的人也是我。」

「牧村學姊，後來妳和那個人呢？」

「賓館嗎？他有約我，可是我沒去。而且我有明白告訴他，我喜歡的人喜歡著麗奈，所以不能讓她不幸福。我不知道濱崎先生會怎麼做，但目前麗奈看起來很幸福。對不起。」

「不會……」

事到如今，聽到她坦率地宣稱「喜歡的人」，讓我動搖了。

「阿神也來找過我。」聽到意外的名字，我驚訝不已，她繼續說：「他要我別把你給毀了，說你們是以宇宙為目標的夥伴。」

我害羞地抓了抓臉頰。

「我對你好像真的一無所知。」

「我也不了解妳。」我們隔著桌子眼神交會，「可是社團的人都跑來問我，為什麼妳沒有參加露營？妳最近好不好？我答不出來。」

春櫻像是下了什麼決心，從包包裡拿出萬用手冊，慢慢打開八月的頁面。

「這就是我的暑假。下次被問到，你就能回答了吧？」

「我是經紀人嗎？」

「你也告訴我你的事，好嗎？」春櫻問道，眼神就像充滿好奇心的孩子。

那一晚，我和春櫻只點一杯飲料就聊了好幾個小時。我很投入地聊著宇宙的事，包括小時候第一次用望遠鏡看月亮，國中放暑假的時候，自己做了天象儀，還有迷上用寶特瓶做的火箭。

「原來是你父親做的螺栓，把你和宇宙連結起來了啊。」

春櫻毫不猶豫地跳進我的內心。她還是老樣子，看不見那道不願讓任何人踏入的地區前，豎立著的「禁止進入」的警告。

但是，我並不覺得厭惡。對方太輕易就跳躍過來，我反而覺得無所謂了。

那是一段非常幸福的時光。

春櫻說想去天文館，當我們一邊看她的萬用手冊一邊調整行程時，我發現自己非常期待那一天的到來。同時也察覺到我對她的戒心，已經消失殆盡了。

但是約定的那一天，我們並沒有去天文館。

那天早上，我在車站等春櫻，手機響了。電話另一頭的春櫻陷入恐慌。

我前往春櫻告訴我的地址，看到一名女性呆站在公寓前。花了一段時間，我才認出那個人就是牧村春櫻。因為她穿著皺巴巴的T恤、運動束口褲，還光腳用腳跟踩著運動鞋。

「牧村學姊，發生了什麼事？」

我一跑過去，一名中年女性就將一疊文件和數位相機交給了春櫻。

「把損壞的物品拍起來然後寫在這上面。傍晚會有保險公司的人來拿。」女性用難以掩飾的煩躁口氣喃喃說著，「唉！災難，真是一場災難啊！」

然後她就離開了。

「剛才那個人是？」

「房東太太。」

春櫻用小到幾乎聽不見的聲音說，要我去她的房間。

春櫻住的公寓是三層樓的單人房公寓。走上三樓，混凝土的走廊人聲嘈雜。從正面看過去，每個房間都有陽臺，但走廊這一側卻晒了一整排的床墊，每個房間前都堆滿雜誌或書籍。看起來就像只有這裡在大掃除。

打扮成搖滾歌手模樣的男人從房間裡走出來，堵在春櫻面前。

「啊，牧村小姐！真的很抱歉。」

男人低下蓄著金髮的頭。看起來像在賠罪，但口氣很輕佻，看不出有反省的樣子。

「不會……請問工程呢？」

「啊——還沒結束，我的樂器設備也弄溼了，真的很慘。」

「也不想想誰比較慘！」和搖滾男從同一個房間探出頭的中年女性，用尖銳的聲音說道，還瞪了一眼搖滾男。

男子咂了嘴，表情很明顯地扭曲。春櫻目睹房客的爭執，不知所措。

「是男友嗎？」

「咦？我嗎？」

「有什麼需要出力的粗活，儘管叫我，我會幫忙。」

「那就來幫我收拾房間！」中年女性不服氣地說。

「煩死了！臭老太婆！」

「你說什麼？」

「你還沒幫我把房間收拾完喔。」看似上班族的男人從樓梯下走上來說。

「一樓的災情又沒有那麼嚴重。」

「沒這回事。」

「我家比較慘，你要先幫我才對。」中年女性說道。

「妳這麼說，最慘的是牧村小姐吧。」

「我什麼事都願意做！」

「我也會幫忙，妳儘管說。」
搖滾男和上班族毫不客氣地看向春櫻。
女人發出尖銳的聲音吵鬧著，春櫻嚇了一跳。
「先幫我家啦！」
「牧村學姊，先去妳家再說吧。」
「啊，好……」
春櫻一臉疲憊地朝走廊前進。
「真的很抱歉！」
搖滾男的態度輕佻，完全沒有得到教訓，尖叫女又開始大吵大鬧。
春櫻把我推進家裡，迅速鎖上門。我正想她是不是對房客色瞇瞇的眼神有所警惕，一個冰冷的東西就掉落在我的脖子上。我嚇了一跳，仰頭看天花板，這次是水滴從昏暗的玄關天花板滴到我的鼻頭上。
「把襪子脫掉會比較好喔。」
打開進入房間的毛玻璃門，出現在眼前的景象令我愕然。
「妳家遭小偷嗎？」我提心吊膽地問道，春櫻回頭對我擠出憐憫的笑容。
「就是因為這樣，我才不想讓別人來我家。可是房東太太和管理公司的人都說要進來看看情況，我真的很苦惱。」

這不是聳聳肩說很苦惱就可以解決的事情。

我脫下襪子，捲起牛仔褲褲管後走進去，就像是把整個房間大旋轉了一圈一樣。面對眼前的光景，我像住在叢林深處的民族被帶到海邊，看到汪洋大海時那樣手足無措。

「圖書館借的書平安無事，你放心。」

跨過衣服和雜誌後，春櫻在書桌的一角，像發現寶藏般舉起了《銀河鐵道之夜》。

「太好了，這本沒有弄溼。」

「好什麼好，妳倒是解釋清楚啊！」我站在距離所有秩序都崩壞的一步之遠處大叫道。

春櫻一邊打開房間所有的窗戶，一邊告訴我從今天早上到現在的來龍去脈。

2

「剛才那個住樓上的金髮男，好像一直對快壞掉的水管置之不理。然後，前天晚上他喝醉酒回到家，喝了水就睡覺，昨天晚上又出去喝酒，今天早上就泡在水裡了。」

「從前天就沒關水龍頭嗎？」

「他喝醉，所以不記得了，應該是這樣沒錯。快壞掉的水管就這樣全壞了，還連累到樓下。」

「我知道泡水的理由了，那這個房間怎麼會亂成這樣？」

「小莉有時候會過來幫我打掃，不過最近她也很忙。」

「自己的房間，不是應該自己打掃嗎？」

「重要的東西都在這裡。」春櫻指著書桌的一角，「圖書館的書、家人的相簿，還有萊卡。啊，紀念你來我家，我幫你拍一張吧。」

春櫻打開鏡頭蓋，盯著觀景窗。她把焦點對準愣住的我，按下了快門。

「拍到了很棒的表情喔。」

「妳是北七嗎？」

「要不要再拍一張？」

我瞪了春櫻，她聳聳肩。

「不知道為什麼，事情總是會變成這樣……」我環視物品散亂的房間，春櫻用不怎麼凝重的口氣喃喃說道。

「總之先整理吧……」

「麻煩了。」

「妳也要一起動手啊。」
「好。」
我們分頭把損壞的雜誌和衣服拍照，然後分類成需要和不需要的東西。
「那個也不要。」
「這個呢？」
「不要了。」
無論我拿什麼給春櫻看，她的口氣都很冷漠。
「這些雜誌可以集中在一起嗎？」
「嗯，麻煩你了。」
當整理到看得見木地板時，裝不需要物品的垃圾袋堆滿了房間。
「那個，牧村學姊。」
「什麼事？」
「這些，全部都不要嗎？」
「嗯，都不要。」
「這件衣服還可以穿耶？」
「那是造型師推薦我買的，沒關係，我並沒有很想要。」
「那這個像捶肩棒的呢？」

「討厭啦，秋葉，那是美顏器，像這樣放在臉上用的，但好像已經不會動了。」
「看來沒有防水。」
「那是收到的試用品，我不要了。」
看起來很昂貴的器具，也扔進了垃圾袋裡。
「要仔細分類喔，還要拍照才行。」
「啊——漫畫全毀了。」
春櫻似乎沒把我的話聽進去，從書櫃裡把黏成塊狀的少女漫畫抽出來，皺起了眉頭。她在拍溼掉的衣服時，看起來不怎麼在乎，拍漫畫時的側臉卻是打從心底鬧著彆扭。
「妳的書櫃都是漫畫。」
「是嗎？啊，攝影集沒事，太好了！」
「文學系小姐，妳沒有都是字的書嗎？」
「我不喜歡嘛，一下子就會想睡覺。」
春櫻的書櫃裡擺滿了少女漫畫。下面那一層則全是萊卡和攝影相關的書，一本小說也沒有。
「某種層面上還真是爽快。」
「秋葉不看漫畫嗎？」

「多少會看啦……」

「那晒乾之後借你吧。矢澤愛的作品很好看喔！」

「少女漫畫就算了。」

「我正在看《銀河鐵道之夜》喔，希望你也可以看矢澤愛。」

「妳要借幾次才看得完啊？」

聽到壞心的發問，春櫻氣得鼓起臉頰。

「對了，妳覺得亞瑟・克拉克哪一本最好看？宮澤賢治妳也借過很多本，最喜歡哪一本？」

「呃——」

「其實妳沒看，對吧？」

被我說中了，春櫻瞪大了雙眼。

「你早就知道了？」

「雖然沒有確切的證據，但是看過這個書櫃就確定了。」

「外國人角色的名字，我記不起來嘛……」

「我也會看現代作家的書喔，也有改編成連續劇的。」

「圖書館也有嗎？」

「我把我的借給妳。但是那些書晒乾之後，妳要借我喔。」

春櫻笑逐顏開。目睹有如花朵盛開的笑容，我真的覺得非常害羞，變得有點自暴自棄地打掃著。

結果整個房間裡，春櫻在乎的只有那些少女漫畫。衣服、雜誌、首飾和化妝品，她一點也不擔心。連自己登上封面的雜誌，她都毫不惋惜地說「我不要了」。

太陽下山後，我們一起吃了去超商買回來的中華冷麵。垃圾袋已經超過十袋，我沉浸在完成工作的成就感，愣愣地抬頭望著堆起的垃圾袋。

透過整理這個房間，我明白了一件事。

牧村春櫻這個人是黑洞。

是吞下所有的事物，逐漸膨脹的黑暗。

造型師說很可愛就買下的衣服，大家說好看就跟著看的DVD，對方說很適合就送她的首飾，垃圾袋裡裝滿了「大家」心目中的「牧村春櫻」。一路走來，她毫不遲疑地接納了這一切。

不斷吸收別人給予的牧村春櫻，這個房間終於承受不住了。

一邊吹著從陽臺吹進的風，一邊吃著中華冷麵的牧村春櫻，才是她真正的模樣。她是個穿著皺巴巴的T恤和運動束口褲，頭髮隨便綁起來，用指尖抹去滴在臉頰的汗水，有一點漂亮的大姊姊。

「怎麼了嗎？」

「我一直很想問，妳穿的是睡衣嗎？」

「什麼？」

春櫻這才發現到自己的打扮，瞪大了雙眼。就算想逃也無處可逃。她端著中華冷麵、驚慌失措的模樣，直截了當地撼動了我對幸福的定義。

「對了，今天晚上妳要怎麼辦？電應該短路了吧？」

「這個嘛……」

「打電話給藤井學姊吧？打給小莉也可以。」

「小莉晚上也要打工，很忙，不可以。」

「那打給藤井學姊。」

春櫻的表情變得黯淡。

「我和華夜吵架還沒和好，沒有聯絡。」

「該不會是為了我吧？」

「她揍了你，我沒辦法原諒她。」

長到這麼大，我從來沒當過兩個女生吵架的對象。這件事就像從陽臺吹進的風一樣，靜靜地震撼了我的自尊。畢竟是吵架，明知道我感到開心是一種輕率的想法，卻也無法壓抑住湧上心頭的羞澀情感。

「對不起……」

「我們從國中開始就偶爾會吵架，我和華夜都很倔強，說出口就不會退讓。但即使這樣，我們還是一直當朋友，時間久了自然就會和好。」

「是這樣嗎？」

「是說今天晚上，到底怎麼辦好呢……」

春櫻應該是脫口而出，但這句話帶著重力，壓到我們身上。放在瀅漉漉的床旁邊的時鐘秒針，就像要催促我們做出結論似的，滴答滴答地前進。

我緊張到停止了呼吸。

這是做好事，絕對沒有心懷不軌，更何況我對牧村春櫻根本沒有什麼不良的企圖。因此，做為一個人，說這些話是合情合理的。

「要不要來我家？」

暮蟬的叫聲，響遍溼透的房間。

3

就這樣，春櫻搬到了我家。

明明說好條件是住到房間恢復原狀為止，但房間重新裝潢好、暑假結束後，春櫻還是沒有搬回自己的公寓。而我也容許她這麼做。
我喜歡上了牧村春櫻嗎？
夏天的尾聲，我開始思考這件事。
「你是同性戀嗎？」阿神冷冰冰的眼神讓我全身顫慄。我知道他想說什麼，「和牧村春櫻共處一室，你為什麼可以無動於衷啊？」
「我才沒有……」
「女人主動送上門，你卻碰也不碰，秋葉你真是男人之恥。」
「阿神你不懂啦！」他不知道那個毫無防備、從小到大暴露在男人下流眼神中的女人，到底有多麼遲鈍，「她老是被蠢蠢欲動的男人包圍，早就習慣了啦。」
「你可以暗示她啊？」
「我哪有辦法……」
「畢竟你是處男嘛。」
「不准說出來！」
阿神一邊操作手機，一邊繼續說：「你啊，最好不要讓任何人知道你跟春櫻住在一起。」
「要是傳出去了，我一定會被暗殺。又要上論壇了嗎？」
「因為小莉叫我監視你嘛。」

「那你又是怎樣？你們在交往嗎？」

「她出乎意料地難追。我還沒辦法從『春櫻喜歡的人的朋友』進階到下一步，好傷心喔！我們一起加油吧！」

「我辦不到啦！」

我已經快要短路了。自從暑假結束後一直是這樣子。

煩躁的來源當然是春櫻。

不過，還有另外一件事。

是一封責備我整個暑假都沒有回老家的電子郵件，寄件人是我的青梅竹馬。

我在圖書館的置物櫃室穿上圍裙，從包包裡掏出手機。正想關掉電源時，手機就像要挽留我似地開始震動。

寄郵件給我的人是我的青梅竹馬，兵頭理央。

『我的信你不要已讀不回。你就這麼討厭大阪嗎？已經不打算回來了嗎？』

理央最近寄的信，內容有很多問號。

小我兩歲的兵頭理央，是商店街酒鋪的獨生女。我經常幫酒鬼父親跑腿買酒，理央的雙親很同情我，也非常疼愛我。

年幼時，我常常和理央在酒鋪的院子一起玩。理央從小就喜歡看書，在理央家看她父母買給她的宮澤賢治全集，是我最大的樂趣。

即使喝酒的人不在了，即使母親再婚後搬到了距離兩個車站外的地方，即使母親發現我常常去酒鋪，我們仍舊保持聯絡。雖然母親帶著夏芽去酒鋪購物後，叔叔和阿姨似乎也發現了我的家庭環境變化，但他們不是那麼低俗的人，不會過度追問我。

對我而言，兵頭家就像是鳥類保護區。

上高中後，我還當過理央的家教。但升上三年級後，可以悠哉休息的時間逐漸減少，我也就漸漸很少去了。

放暑假前，我也收過理央的郵件。她問我什麼時候回去，我沒有回答。下一封是夏芽的生日，再下一封是暑假結束後，理央的郵件也逐漸從不耐煩變成焦躁。

我輕輕關掉手機的電源。

電子郵件非常方便，不回信就能把千萬個言語擅自傳送過去。

回到家後，穿著我的T恤、披著連帽外套的春櫻迎接了我。

「秋葉，你回來啦。」

春櫻完全不理會我每天聽這句話還是很不習慣，甚至會引起暈眩，滿臉微笑地往房間裡面走去。書櫃前放著折疊梯。

「今天是夏季星座吧？」
「沒錯，我正在做天鵝座。」
「我也來幫忙。」
桌面上攤著星座的攝影集，旁邊散落著塗了螢光顏料的星形貼紙。這一星期左右，我們都專注在將星形貼紙排成星座的形狀，然後貼在天花板上。
「這樣夏季大三角形就完成了。」
春櫻貼上天鵝座尾巴的天津四，將已經完成的天鷹座的牛郎星，以及天琴座的織女星用指尖連起來。
「再貼上輦道增七，天鵝座就完成了。」
春櫻拿起兩張星形貼紙，我跟她要了一張，也站到椅子上貼在天花板。
「如果是看起來顏色不同的貼紙，那就更好了。」
位於天鵝嘴的輦道增七，是藍色和黃色的雙星，在《銀河鐵道之夜》中也出現過。春櫻想跟故事一樣忠實呈現吧？
「畢竟是為了紀念書來回借了四次才看完嘛。」
「對啊，對我來說，輦道增七就是紀念看完的星星。」
將兩張貼紙並排貼好，天花板的夏季星座就大致完成了。
「啊，秋葉，有你的信。」春櫻忽然想起來，指著矮桌說道：「欸，現在還不能買暖桌被嗎？」
「太早了啦。」
「好想快點窩在暖桌喔！」春櫻坐在折疊梯上陶醉地說。
這個人是打算住到冬天嗎？
我有一半厭煩，但確實也有一半高興。到底是尚未達到我男人本能的臨界點？還是我早已站在斷崖絕壁上？我一邊想，一邊拿起桌上的信件。
幾封ＤＭ裡混著母親寄來的信，不用翻到信封背面，看筆跡就知道了。那是寫過我名字幾千次的筆跡。隨著寄件次數越多，母親的信也越來越厚、越來越重。透過筆跡冒出來的悲傷、愛情和憎恨，讓我呼吸困難。
「秋葉，你看。」春櫻忽然叫了我，我像大夢初醒般抬起頭。眼前的她就像解釋上帝的啟示般指著天空，「北十字星到南十字星的銀河鐵路開通了。」
春櫻的指尖通過別名北十字星的天鵝座、天鷹座、射手座、天蠍座，來到半人馬座，最後連起南十字星。
「哇！好厲害喔……」
天花板不只有故事中出現的星座，而是像把星座盤從底紙抽出來一樣，完整透描在天花板，化身成繁星滿點的地帶。
「把電燈關掉試試看。」

春櫻走下折疊梯，拉起窗簾。我像平常那樣，趁機把信塞進書桌抽屜裡。

「那我要關燈了。」

「等一下、等一下！機會難得，讓我倒數一下。」

春櫻設法壓抑住興奮的情緒，深呼吸了好幾次，然後開始倒數。畢竟這是花了整整一星期才完成的曠世巨作。

「三、二、一、零！」

配合春櫻的號令，我關掉了電燈。

下一秒，銀河在頭上蔓延開來。

「哇啊！」

春櫻發出感動的叫聲，而我連叫都叫不出來。我想起了第一次用肉眼看到銀河時，那種瞬間爆發開來的感動。

「宇宙耶……」

「嗯，好漂亮喔。」

「太厲害了。」

春、夏、秋、冬。所有星星全部到齊，即使那是便宜的貼紙，依舊有著帶領人們進入幻想世界的力量。

我也在春櫻旁邊坐下。火車散發出波動的細微亮光，滑過我們頭上。我甚至看到了飄動的芒草和龍膽花。

我感覺到自己的身體墜落到宇宙中，我愛死這個感覺了。活在只有自家和學校的狹窄世界，幾乎要窒息的我，宇宙總是寬宏大量地將我包圍，並毫不留情地將我沉入誰也不是、毫無個性可言的人群裡。

正當我要融入無盡的黑暗中，有人碰了我的手臂。

我的身邊有春櫻。和他人以手臂相碰的距離一起仰望星空，是我從來沒有過的經驗。

感受到身旁他人的體溫，讓我的心劇烈搖晃起來。除了想著宇宙，因無所作為而感到厭倦的人生在不知何時起，春櫻就陪伴在我身邊了。

「啊啊！要消失了！」

春櫻的聲音渴求著光。但貼紙上螢光顏料發出的顏色，彷彿從內側吸收了自己散發的光芒，靜靜地失去了光輝。星星們就像說好了似的，緩緩融入、消失在黑暗中。

因為星星實在太耀眼，反而讓留下的兩人，像是從空間被切割下來一樣，顯得格外醒目。

「真的好美喔。」

春櫻毫無防備地抬頭看著我。我只要稍微低一下頭，就可以了。

我慢慢掉入黑洞裡，這感覺並不如我想像的那麼壞。
我已經墜入愛河。

4

後來，我就像壓抑多時後一口氣爆發出來，自由自在奔跑似地陷入戀愛中。
我去車站接回因拍攝延誤導致晚歸的春櫻，但反而是她先抵達車站，靜靜地站在柱子前面等我。來往的行人不分男女，所有人都被她吸引。
而她一發現我，表情瞬間就轉變成少女，朝我奔跑過來。
表現愛情的詞彙趨近於零的我，無法成功展現自己的喜悅，只能把視線轉移到她抱著的花束上。
「龍膽花很漂亮對不對？」
春櫻眼神向上看我，淺紫色的花全都搖晃了。
「車站的花店有很多，我就買了。」
「因為《銀河鐵道之夜》出現過？」
「對！」
回公寓的路上，我們聊著今天發生的事，同時計畫著相當大的策略。我一手拿著龍膽花花束，另一隻手尋找著去向。

連牽手也不俐落的我，可以感受到春櫻等得很焦急。但今晚肯定沒辦法。轉過那個街角後，春櫻一定會主動來勾我的手指。

當我一隻腳已經陷入自我厭惡的瞬間，背後傳來強烈的氣息，我不由得回頭看。

「秋葉，怎麼了嗎？」

「沒事……沒什麼。」

剛才通過的路燈下，靜悄悄的。

像這樣兩人一起走在路上時，我偶爾會感受到背後會有像壓下烙印般、自我主張相當強烈的視線。

大學同學都察覺到我們的關係發生了變化。我無法想像學校論壇到底開了幾個討論串，阿神笑著說我最好不要看。

既然阿神笑了，我也以為沒什麼大不了，多少有些疏忽。但要是我這樣悠哉悠哉的，遲早會從背後遇刺吧？

一轉過街角，如同我的預測，春櫻勾住了我的手。

我想在遇刺前，明白地向春櫻表達我的想法。還有，至少想做愛一次。

連牽手也力不從心的我，根本不可能約春櫻上床。雖然春櫻什麼都不說，但她應該在等我。她主動牽手，表示她把主導權交給了我。雖然我不明白這到底是春櫻的貼心，還是難為情。

回到家洗完澡後，春櫻很難得地打開筆記本在念書。我在她旁邊坐下探查情況，發現她似乎正把筆記的內容抄在另一本筆記本上。

「妳跟誰借筆記啊？」

「不是，我是為了華夜抄的。」

我就像被人拿刀抵在頸子一樣，嚇了一跳。

「藤井學姊去哪裡了？」

「她一直待在俄羅斯。聽說她奶奶病倒了，所以要回去照顧奶奶。等奶奶康復後就會回日本，她傳郵件告訴我的。」

「妳們和好啦？」

春櫻停下筆，抬起頭。

「我們並沒有開口說要和好，只是她傳郵件給我，說下星期會從俄羅斯回來。既然傳了郵件來，就表示華夜心情變好了，等她回來後就會恢復原狀。一直都是這樣的。」

「男人也不會開口說要和好就是了。」

「秋葉你也要原諒她喔。」

被她這麼一說，即使我被殺死，大概也會心軟原諒對方。當我順勢要接吻時，手機就像要阻攔我似地大聲響起，我慌張地把手伸過去。

手機螢幕顯示兵頭理央的名字。在春櫻面前不接電話實在太可疑了，但接了之後就必須對春櫻解釋理央是誰，我也覺得很麻煩。

我立刻按下保留鍵，先讓來電鈴聲停下，考慮了一下決定按下結束鍵。

「好像打錯了。」

我面向書桌打開課本。開始念書後，春櫻就完全不向我搭話。我偷偷關掉手機電源，不讓她發現。

我不想讓任何人打擾現在的生活。

5

圖書館的員工洗手間在三樓。

上廁所時，我聽到窗戶下方傳來學生們銀鈴般的聲音說：「春櫻學姊好！」

我穿好褲子從窗戶往下看，春櫻正好從後門走進來。

春櫻回應對方，學妹們便尖叫出聲。她不當一回事，往正面大門走過去。我覺得她充滿氣勢，真的帥斃了，那個人是我的女朋友耶！我色瞇瞇地要離開窗邊時，眼角瞄到了什麼。像是光反射在鏡子上射入眼睛，帶有暗示的某個東西。

我再次環視窗外，看到向春櫻搭話的女孩子們，走入了圖書館後方的兒童公園。和圖書館相鄰的兒童公園裡，放學後的小學生們到處奔跑，還有老人家坐在長椅上看報紙。

它無聲無息，卻像一把銳利的刀，不小心觸到就會割傷小孩柔嫩的皮膚，和老人家薄薄的皮膚，穿越過混合了絕對動態和絕對靜態的正中央，朝我而來。

我全身起了雞皮疙瘩。

我立刻躲到毛玻璃窗戶後面，只用一隻眼睛追尋那傢伙的動向。照春櫻的說法，藤井華夜應該下星期才會回來，不是嗎？

華夜穿過兒童公園，通過圖書館後門的這段時間，我覺得好漫長。我好希望她走春櫻走過的路，但理所當然的，我的心願並沒有實現。

我一衝出洗手間，就立刻跑進隔壁的置物櫃室，迅速拉起窗簾，躲在窗簾後面往下看。銀髮女子靠在樓下腳踏車停車場的柱子上，專注地操作著手機。我從自己的置物櫃拿出手機，點了事先加入書籤裡的大學論壇。

手機畫面立刻被「殺」字填滿，甚至是用蟲子屍體以等距所排成的。我啞口無言，戰戰兢兢地按下更新鍵。畫面即時更新，浮現出的文字，是能感受到溫度的「殺羽田秋葉殺」。

我再次從窗簾縫隙偷看樓下的華夜。她一邊咬著指甲，一邊滑手機。重整過畫面後，濃烈的憎恨傳達到我的手心。

留言的最後附有圖片的網址，我提心吊膽地按了下去，接著差點發出慘叫，不由得用手掩住自己的嘴。

照片是拿著龍膽花花束的我，和春櫻並肩穿過公寓大門的模樣。我怕得回到原來的畫面，發現又貼上了新的網址，一不做二不休。

照片是有人偷拍我們在天文館販賣部，選購星星貼紙的模樣。後面還連續貼了走在路上的我，以及春櫻穿著我的T恤去超商買東西。

被灑出去的魚餌釣來看熱鬧的群眾，彷彿是解除了做為人類的所有束縛，論壇裡肆無忌憚地散播著野蠻的話語。那些令人作嘔的對話，就像是用糞尿來潑灑手無寸鐵的我，並在我眼前蹂躪春櫻一樣。

回到圖書館大廳，美智小姐罵我上廁所怎麼上那麼久？但或許是因為我臉色太難看了，她最後擔心地問我是不是肚子不舒服。

來到櫃檯，坐在閱覽區的春櫻對我微笑。我用眼神回應，同時若無其事地環視館內。藤井華夜當然不在這裡。

後來，我的身邊有了小小的變化。只要別想得太嚴重，差不多就等於小孩子霸凌那種程度。

沒有上鎖的信箱、撕成碎屑的ＤＭ、零食空袋或寶特瓶之類的垃圾，還有沒有寫寄信人的信封。

至於信封裡裝了什麼，以小孩子霸凌的方式來比喻，就是類似幸運信那種東西。這種行為雖然愚蠢，但要瞞著春櫻處理這些東西，還真是有點麻煩。

其他還有被關在洗手間，上課時被人從後面丟橡皮擦或紙屑。憑我的臂力是可以爬到洗手間的門上面，至於飛來的東西就用墊板打回去；有自稱少年棒球第四棒王牌的阿神和我一起對抗，還算應付得了。

「要不要買電擊棒備用？」

阿神說秋葉原應該買得到。我趴在女僕咖啡廳的桌上，回答得模稜兩可。

「你好像很累耶，秋葉。」端咖啡來的小莉在我頭上說道。

「櫻公主的粉絲發現他們在同居，怒火被點燃了嘛。」

阿神代替我回答，我抬起頭，眼前有眉頭深鎖的小莉。

「我幫你揍他們吧？」

「北七，這樣是火上加油啦！」

「小心不要害到春櫻喔。」

「應該不要緊……」

「她身邊有藤井華夜。」

「她回來了啊。是說，她根本沒去俄羅斯吧？」

小莉好像一直有關注阿神告訴她的論壇。雖然沒有任何證據，但我們都認為偷拍的人是藤井華夜。我們也統一了口徑，認為這件事千萬不能告訴春櫻。

「她那樣根本是跟蹤狂。」

「在信箱惡作劇的人絕對也是她。」

「下次去埋伏看看吧？」

「好主意耶！」

假裝是偵探的兩人非常興奮，我開口制止了。

「萬一被她發現了，沒死也去了半條命。」

「還是買電擊棒吧？」兩人異口同聲說道。

走出咖啡廳，阿神說要去附近晃晃等小莉下班，就此消失在電器街的喧囂中。

而我得趁春櫻回家前檢查信箱，便快步走去搭電車。

春櫻今天去風間家了。她說她找到了《銀河鐵道之夜》的繪本，想要送給千景。我怕她若無其事地跑過去會被冬月揍，但她卻高興地說：「是冬月姊姊主動聯絡我的，她好像工作忙不過來。」

我知道只送千景禮物，妹妹小茜一定會鬧彆扭，便用紙摺了動物讓春櫻帶過去。她看到我用寫報告的紙摺了立體的貓熊和兔子，十分佩服摺紙的完成度。多虧了夏芽常常要求我摺紙，我學會了很多動物的摺法。
我抵達公寓時，碰見了一群意外的人。
他們看到我忽然出現，瞪大了眼睛。我則是很困惑為什麼這群人會在這裡集合？我將視線轉移到他們的手上，他們正把菊花花束塞進信箱裡。
我既沒有因憤怒而讓血液倒流，也沒有因恐懼而臉色發白；我冷靜地思考，玩味著眼前發生的事。
「原來是你們啊。」
我的聲音就像按下了播放鍵，讓暫停的他們又動了起來。
「羽田，你的生日快到了。」
「所以我們特地來祝賀，畢竟我們同社團嘛。」
迎新聯誼會上，嘲笑我和阿神名字的社長及副社長輪流說道。他們身後的兩人也是社團的幹部。所有人都露出同樣的賊笑。我把想說的話全部嚥下去，因為我認為這麼做比較明智。
「請你們回去。」我別開眼神喃喃說道。
就在這一瞬間，我感受到他們的氣氛頓時改變了。我還來不及抬起頭，他們就搶先一步把我的背壓在牆上。因疼痛而扭曲的視野中，我看到了負責指揮社員的社長，表情彷彿被什麼附身，精悍的長相一臉蒼白。

「你不要得意忘形！」

濃烈的惡意隨著呼吸噴到我的臉頰，甚至讓人感受到錯覺，以為那樣的熱度會把臉頰肉燙爛。我的後方傳來怒罵聲。我早就猜到，暴力轉眼間就取代了言語。

我倒在冰冷的混凝土地上，男人們輪流揍我。我被擊沉到暴力的大海中，只要企圖浮上水面，拳頭就會飛過來。我一邊在拳頭的浪濤中掙扎，一邊設法打開包包拚命翻找。那個東西還用紙袋包得好好的。我後悔死了，早知道會發生這種事，應該在電車裡就拆了它的包裝才對。

我的頭像足球一樣在他們之間滾來滾去，然後用力撞擊在牆上。剎那間有一種腦漿在頭蓋骨內轉了一圈的飄浮感，緊接而來的是劇痛。應該是頭還是額頭裂開了吧？黏稠的溫水從我的眼睛旁邊流過。

男人們看到血還是會怕。說穿了，這些傢伙並不是在揍人或挨揍的環境中長大的，參加露營社這種半吊子社團的人，只要悠閒地用飯盒野炊、唱唱露營歌就好了。

我意識模糊地想著春櫻。這個傷勢用一邊看書一邊走路，結果從陸橋上滾下來的藉口，應該可以說得通吧？

「你笑什麼笑？」

副社長抓起我的下巴。但我並沒有在笑，看來是被揍得太慘，臉變形了。

「我沒有笑。」

或許是他不爽我的口氣不夠誠懇，彷彿用火腿和熱狗做出來的渾圓拳頭飛了過來。我的身體和包包一起飛了出去，課本和筆記本散落在混凝土地上。

他們用亮晶晶的皮鞋和名牌運動鞋踩踏那些書本。我癱軟地望著那些慘遭蹂躪的書本，小麻袋映入我的眼簾。

只有一個人察覺到我正打算撲過去。尖鞋頭的麂皮鞋搶先一步踩在我伸出去的手上。

六角螺栓在我眼前被踐踏了。

毫無預兆的衝擊，點亮了我腦裡的聚光燈，鮮明地照亮了默默藏在深處的記憶。

6

員工全走光的工廠，彷彿緩緩入睡般死去。冰冷的機械再也不會響起打磨的聲音，就這樣落到他人手中。年幼的我看著空蕩蕩的工廠，覺得就像內臟被掏空的人類。

工廠的一隅，有個螺栓像殘渣般掉落在地上。

父親失蹤時，除了離婚申請書外沒有留下任何東西；父親不在後，母親把他的所有相關物品全部處理掉了。唯獨螺栓。那是留在我身邊，足以證明我和父親是父子的物證。

社長俯視著抬起頭的我。我無視恐懼逐漸在他滿是賊笑的臉擴散開來，緩緩地站起來。

社長企圖逃走，我抓住他的手臂並將他固定住，毫不猶豫地揮拳。我的手骨接觸到他顴骨的瞬間，內心的聚合物破裂，裡面噴出像膿一般的東西，朝他飛濺過去。

目睹隊長被揍飛的三人，彷彿身體裡裝了新的變速器一樣，朝我猛撲而來。但我已經感覺不到疼痛，比起表面，我的內心更痛。

正當我打算閉上眼，就這樣沉入暴力的沼澤中時，聽到了女人的慘叫聲。猶如對我們下了暫停的號令，是回到家的春櫻。

「你們在做什麼？」

春櫻的慘叫聲反射到混凝土天花板，再扎在我們身上。圍著我的男人們像小孩一樣害怕。驚慌失措的四人中，我發覺有一個胖子發現自己換錯了檔。這是只有男人這種生物，才會感染的共通語言。

「秋葉！」

春櫻毫無防備地跳入這個如同洞穴的地方。我感受到男人們就像說好似地屏住呼吸。他們內心中真實存在的猖狂，慢吞吞地冒出來。我將最大能量的電力，流通到全身所有地方，用失去重力一般的輕快動作站起來，從四處散落的課本中撿起一個小紙袋，站在春櫻面前。

我目不轉睛地盯著那群男人，同時取出紙袋裡的罐子，然後朝撲過來的男人用力按下噴射按鈕。

「嗚哇！」

男人們發出尖叫。四周揚起紅色的煙，刺痛皮膚的辣椒氣味擴散開來。買電擊棒實在太誇張，但我為了以防萬一，買了催淚瓦斯。

男人們轉眼間就動彈不得。這時候，比電擊棒更具有殺傷力的藤井華夜衝了過來。華夜抓住那群眼淚和鼻水流個不停的男人，面無表情地揍他們、踩他們、踢飛他們。她沉著地用著織布機織布一般的節奏，將男人們往上打又往左右揍。

我抱緊春櫻，目睹著這一切。

華夜像獵人一樣勒住胖子的喉嚨，他發出了短暫的呻吟聲。要是華夜的力氣再大一點，那就會變成臨死前的痛苦叫聲了吧？

「華夜！快住手！」

春櫻的叫聲就像是要勸阻猙獰的狼，華夜立刻停手。

從華夜的暴力被解放的男人們，一邊發出慘叫聲一邊散開。我還在發呆，忽然感覺到臂彎裡的重量。回過神來，懷裡的春櫻臉色白得像紙一樣，全身癱軟。

我一撐起她，她就斜靠在我身上，雙腿跪了下去。

「牧村學姊！」

我和春櫻一起癱坐在地，華夜嫌我礙事，硬把我推開。

「快開房門！」

華夜從我懷裡搶走春櫻，輕鬆抱起後命令道。

7

華夜讓春櫻躺在床上後，拿起她的手腕低頭看手錶，看來是在量春櫻的脈搏。

接著站起來解開春櫻襯衫的一顆釦子，用指尖梳理掛在她額頭的頭髮。一連串的動作有著歲月帶來的威脅，不允許任何人進入。

我的嫉妒從心窩附近一湧而上，臉跟著發燙。

我擠到春櫻和華夜之間，把水洗的冷毛巾放在春櫻的額頭上。春櫻的臉還沒有恢復血色。

「她心臟不好。」

一回頭就看到華夜的雙眼從正面直視著我，頓時讓我有些膽怯。

「心臟……？」

「看來她沒有告訴你。」華夜淺笑道。
她宣揚優勢的冷笑表情，讓我非常煩躁。
「我聽說她母親等不到心臟移植就過世了。」
「有一半機率會遺傳的事也聽說了嗎？」
「有，她說她有去檢查。」
「她沒有發過病，但從國中開始，她只要受到強烈刺激時就會昏倒。」
「那這次也是嗎？」
華夜沒有回答。但她所說的強烈刺激，指的就是目擊到我挨揍吧？我注視著春櫻蒼白的臉，對她的憐愛湧上心頭，讓我一陣鼻酸。我好喜歡春櫻，喜歡到幾乎要哭出來。
我將手伸向春櫻雪白的臉頰，但一股責備的力量將我的手臂抓起來，讓我搆不到春櫻。我一抬頭就看到華夜冰冷陰沉的表情。
我們不斷眼神交會，超越了男女這種非主觀也非客觀的認知，單純以牧村春櫻這個人為中心進行對抗。我們位於對角線上，共同擁有同樣的情感。
「跟春櫻分手。」
夜晚悄悄溜入房間，將室內逐漸染成藍色。華夜的臉青白地燃燒著。
「我不要。」

「你只是她的計謀，是她為了彌補和冬月之間關係的棋子。」

華夜抓住我的手，使勁地用力。但我的表情並沒有扭曲。

華夜和把春櫻捧得高高地崇拜的那群人不一樣。這傢伙並沒有醉心於春櫻，但兩人之間培養的也不是友情。我清楚地知道，華夜愛著春櫻。

「我喜歡春櫻。」

我一站起來就被賞了耳光，比剛才那群男人拳頭還要強烈的劇痛衝上頭頂。我用力咬緊臼齒，企圖用別的痛楚來壓抑臉頰的疼痛，同時用不輸給華夜的力氣賞她一巴掌。我們就像保護自己地盤的野獸，在沉默中互瞪著對方。

華夜毫不掩飾她明顯的殺意。我明知會痛卻不能膽怯。要是我退後了一步，就會破壞這個平衡，到時候可不是被賞幾個耳光就能解決。但是現在，我的憤怒更勝於恐懼。

這把怒火是針對企圖用暴力讓對方屈服的人。

這世上太多人認為只要用拳頭就能扭轉局勢。父親是，社團那些人是，冬月是，連藤井華夜也是。

我和春櫻都是活生生的人。挨揍會覺得痛，也會受傷。被人像撕麵包一樣撕走不想被人奪走的尊嚴，是無可替代的屈辱。揍人的一方根本不明白這個理所當然的道理，我實在難以容忍。

「我不會把春櫻交給妳。」

華夜的手又飛了過來，我用雙手按住，就這樣把她壓到牆邊。

我靠男人的力氣壓制住華夜，華夜反抗並發出呻吟。我從咬緊牙關抵抗的華夜身上，窺探到她對於自己是女性的事實感到憤慨。

一瞬間我鬆了手，華夜毫不留情地攻擊我的膝蓋。我還來不及彎起身，華夜就把我打到整個人撞上書櫃。衝擊的力道讓排列的書啪沙啪沙地掉到地面。

「秋葉……？」

這聲音讓春櫻醒了過來，華夜立刻衝到她身邊。

「別碰她！」

正要坐起身的春櫻被我的叫聲嚇到僵住。華夜完全無視我的制止，像觸摸小動物般把手伸向春櫻。抬起頭的春櫻一看到華夜立刻往後退。

「不要！」她大聲拒絕，「不要再束縛我了！」

有那麼一瞬間，我感覺到華夜可能會揍春櫻，立刻衝到床前抱住春櫻。

「秋葉！秋葉！」

春櫻抽抽答答哭了起來，我用力抱緊她。

「妳給我回去！」我使出全身的力氣吼叫道。

春櫻在我的懷裡發抖。

華夜就像電壓急速下降一樣，表情失去了活力。她腳步踉蹌地走到玄關，打開大門。我心神不寧地看著她，難以置信的光景映入了眼簾。

華夜打開大門的另一頭，站著兵頭理央。

華夜離開後，走廊被電燈照亮，彷彿只有那裡被切割成四方形，白亮亮地浮現出來，理央就站在中間。逆光讓我看不清她的表情，但憑感覺就知道她相當困惑。

「秋葉……對不起喔，突然跑來，那個……」

理央的聲音引起了春櫻的反應。一股衝動讓我想抓頭，幾乎要窒息了。

「秋葉，有人……」

我想不到要用什麼話來安撫春櫻的困惑。腦筋一片混亂，不知道該從哪裡著手時，反倒是春櫻恢復了冷靜。

「秋葉，你去吧。」

「可是……」

「那個人是大阪來的吧？」她似乎是從理央的腔調發現的。她靜靜離開我，推了我的胸膛，「不能讓她等太久。」

像孩子般哭泣的臉，恢復成一如往常的大方笑容。

我再次把春櫻拉進懷裡，在她耳邊小聲說：「等一下再跟妳解釋」，然後我站了起來，走出大門，理央看到我的臉大吃一驚。
「秋葉，你的臉怎麼了？」
「總之我們先去外面吧。」
「等一下！發生了什麼事？被剛才那個人打的嗎？」
「別管了，先出去。」
我把吵吵鬧鬧的理央推出去，來到公寓前的人行道。理央背著一個很鼓的肩背包。
「怎麼了？為什麼突然跑來？」
「都怪你不理我的信和電話啊！」
「抱歉……」
「伯母寫信給你，你也視而不見對不對？伯母寄給你的信裡面，也有夏芽的信啊！」理央歇斯底里地大叫道：「還有，剛才那個女人是誰？你是不是交了女朋友所以不肯回大阪？」
「有一半是。」
「什麼鬼啊！」
理央敲打我的胸膛。打一次不夠，她連續打了好幾次。看得出來理央纖細的肩膀正在發抖。

「我們一直在等你耶！」她說出口後，慌張地抬起頭又訂正道：「不是我，是夏芽！」

然而，就算她不說，我也知道她的心意。在擔憂我家庭環境的過程中，我一直在身旁看著她的情感轉變成不同的形式。理央自以為她藏得很好，但越變越有女人味的長相就是最好的證據。

「理央，妳一個人來的嗎？」

「我來參觀大學，跟朋友一起來。」

「這樣啊。」

知道她不會要求我讓她住下來，我如釋重負。理央感受到我的心情，用力捏了我摩擦破皮的臉頰。

「住手！很痛耶！」

「我要讓你明白夏芽更痛！」

「什麼意思？」

理央彎彎的眼睛蒙上了一層陰影。或許是因為她頭髮變長了，看起來比我認識的她更成熟。

「夏芽的生日，你不是送了運動鞋給她嗎？」

「對啊……」

「鞋子，尺寸不對。」理央用銳利的眼神看著我，「鞋子小了一公分，但是夏芽卻一直穿著那雙鞋。明明腳趾應該很痛，她卻一直穿，因為那是你送她的，是她最喜歡的哥哥送她的生日禮物！」

我太驚愕了。

雖然沒看過，但我卻彷彿看到了夏芽穿著那雙粉紅色鞋子的模樣。明明很痛卻絕口不說痛的夏芽，她純真的笑容浮現在我眼前。

「夏芽她啊，因為哥哥很用功在學習宇宙沒辦法回家，所以一直在忍耐。」

結果卻是因為女友？理央用責備的口氣喃喃說道。

看到我毫無反應，理央惱怒地從肩背包裡拿出一個東西。冷冰冰的路燈下，出現的是不適合秋天的紅色鬱金香。

「她說你的生日快到了，要我轉交給你。」

那一朵花有著駭人的衝擊，像是用比藤井華夜大十倍的力氣甩了我耳光一樣。理央把花按在我的胸膛，我小心翼翼地接下。一碰到那朵花，我就像被打了麻醉般動彈不得。

摺得很立體的鬱金香，有花莖也有葉子，還細心地綁上了紅色緞帶。教夏芽怎麼摺鬱金香的人就是我。夏芽擅長畫圖，但摺紙總是摺到一半就氣餒。

而這樣的她卻努力不懈，甚至能幫花加上花莖和葉子？比起我所了解的夏芽，她連腳都長大了。夏芽會越長越大，到時候就會越來越明白，我和她只有一半的血緣關係吧？

「秋葉，寒假你會回來嗎？」

理央不安地問道，而我沒辦法坦率地點頭。心想非和夏芽見面不可的我，還有不想和她見面的我，就像站在一面牆壁的兩側互相推擠一樣。理央看到我猶豫不決，傷心地低下頭。

「你就這麼討厭大阪？」

「不是啦……」

「還是說，你不想跟女友分開？」

理央說出很幼稚的話，我沒有回答。我想像如果讓春櫻和夏芽見面會怎麼樣，但這同時又會牽扯到父母。我好不容易才得到東京這個安寧之地，不容許他們入侵。

我不想見任何一個家人，正當我這麼想時，理央的表情變了。

「你到底要對『阿爸』執著到什麼時候？」

理央用伯父伯母稱呼我的父母。雖然沒見過面，但她也學我，對我從小所提到的那個人，叫他「阿爸」。

「你認為阿爸離開是自己的錯，到底要自責到什麼時候？」理央情緒激昂地大叫道：「一直對小時候的事後悔，什麼時候才能重新振作？」

沒錯，那時候，我還是個小孩。

8

名為學校的狹小世界中，名為班級的狹窄框架，就是我觸手可及的世界。

我家工廠的經營情況，就像懷舊玩具的舉重搖擺小鐵人一樣不穩定；但因為附近其他行業的小工廠情況都差不多，所以並不算特別糟。

就在這時候，美國傳來了太空梭事故的新聞。那是太空梭返回地球時，在大氣層爆炸的悽慘事故。事故原因是機械系統故障，在多達幾百萬個的零件中，世界上並沒有人批判我們工廠的螺栓。

但不湊巧的是，自從那個事故發生後工廠就開始經營不善。應該是受到世界規模的汽車公司破產，所引起的全世界經濟不景氣的影響。父親為了調度資金及接訂單，每天四處奔走。

「筒井先生家不太妙」的傳言，轉眼間就擴散開來了，等傳到最底層的我們耳裡時，已經變成「筒井先生家做的螺栓，讓太空梭掉下來」了。

班上的同學把我貼上了「製作瑕疵螺栓的犯人兒子」標籤。太空梭升空時，明明說我是「打造那架太空梭的偉人的兒子」，小孩子翻臉真的比翻書還快。

我徹徹底底遭到不講理的霸凌。當我看到被亂畫的課本時，宇宙就離我遠去；當我尋找遺失的體育服時，我就憎恨父親。悲慘會樹立敵人，我的精神完全崩潰了。過了不久的某個夜裡，我看到父親津津有味地喝著啤酒。他和母親坐在餐桌，和母親高興地分享工作已經有進展了。

那一天，我因為霸凌我的同學破壞我在美勞課做的紙黏土作品，陷入絕望的深淵。但最絕望的是，題目是要做自己喜歡的東西，我卻不能選太空梭或是星星的形狀，只能選狗這個我一點興趣也沒有的主題。

其實我想做太空梭，但現在的我不能做。我甚至不能談論宇宙和星星的話題。這幾乎是剝奪了我的自我認同。

自從父親做的螺栓被選為太空梭的零件，他就告訴了我宇宙的所有話題。他買了望遠鏡給我，還帶我去山上看銀河。

我們用寶特瓶做了火箭並且發射。我記住了很多星座的名字，父親對我讚賞有加。而父親並沒有發現我不再聊宇宙，還心情愉快地喝著酒。父母完全沒有察覺到我遭到霸凌。

「阿爸不可以做螺栓！」我竭盡全力喊叫道：「阿爸做的螺栓害死了很多人！阿爸是罪犯！不可以做殺人的螺栓！」

「伯母從來沒有責備過你，不是嗎？」
「我不知道她心裡怎麼想。」
「再婚也是，如果你那麼無法接受，當初坦白告訴她就不會留下疙瘩。」
「因為她懷了夏芽，媽是故意的。」
「為什麼要這樣說自己的父母！」
工廠不可能因為小孩子的一句話倒閉，原因是後來一直沒有接到持續的訂單。之後，父親酗酒，為了洩憤開始對母親施暴，再也沒有心力讓工廠東山再起。我只不過從父親身上奪走了熱情、希望和進取心，但那肯定是父親的自我認同。
「秋葉你討厭伯母嗎？討厭伯父和夏芽嗎？」
「不討厭。」
「你臉上寫著他們很煩！」
被理央說中了，我的身體有了力氣，不由得捏壞了手心裡的鬱金香摺紙。
「秋葉，你好過分！」
「……妳回去吧。」
「你那麼喜歡女友嗎？」
「……」
「離家還不到一年，你就那麼愛她嗎？」

理央沒有發現，她已經偏離了主旨。但理央會哭，是因為她已經明白，我的心早已去到遙不可及的地方。我同情起慘遭絕望吞噬的青梅竹馬，輕輕將手伸了出去。就在這時候——

「秋葉，方便的話，請她進來吧？」春櫻從公寓走了出來。我條件反射地收回伸出去的手，將手藏在背後。春櫻繼續說：「我幫你們泡茶。」

理央看到微笑的春櫻，瞪大了雙眼。大概是因為剛才房間裡很暗，她只看到人影吧？

「為什麼『小春』會在這……」理央目瞪口呆地嘟囔道。

同時我也偏離了重點，暗自感嘆她也到了會看流行雜誌的年紀了。

「晚安。」春櫻鞠躬打招呼，理央也不由得跟著鞠躬，「這裡很冷，方便的話要不要進來？」

「妳是牧村春櫻，沒錯吧？」

「我是。」

「為什麼，秋葉？」

這是「為什麼會挑上秋葉」的意思，同時也是「為什麼會變成這樣，秋葉」的意思吧？

「我們正在交往。」

這是省略公式和計算，只填入答案的說法。
理央的表情變得越來越傷心。
「那個、秋葉。」
「我！失陪了！」理央制止春櫻繼續說，轉過身去。
「等一下，妳一個人太危險了！」
「再見，秋葉。」
「……」
「我決定念大阪的大學！」
理央這麼說，並往車站的方向走去。這應該是她竭盡全力的道別話語吧。
「秋葉，快去追她！」
「沒關係，不用啦。」
「不行，你要送她才可以。」春櫻替我打氣，「在不熟的地方迷路會多麼不安，你應該很清楚吧？」
為了送我走，春櫻用開玩笑的口氣說：「回來之後，我幫你包紮手的傷口，然後一起吃飯吧。」
「好……」
「還有，如果你願意告訴我剛才那句話的後續，我會很開心。」

我想起來了。我從來沒有要求春櫻跟我交往，卻對理央一口咬定說「我們正在交往」。

「那，我去去馬上回來。」

春櫻笑著送走我。

我把捏壞的摺紙塞進牛仔褲的口袋，朝理央離開的方向跑去。

結果，我沒有找到理央。我在車站等了一陣子，最後還是沒有見到她。因為沒帶手機，想聯絡也沒辦法。我很擔心地在附近找了一陣子，但還是找不到她。

這麼說來，理央小學和國中時，總是代表班上參加運動會接力賽，我以為我只是單純追不上她。

「我回來了。」

回到家後，春櫻正在打包行李。她要求我解釋，結果卻要離開？

我感到不知所措，她卻笑著對我說：「明天起要去北海道。」

我差點忘了，春櫻為了雜誌的特別企劃還是什麼的，要去北海道一趟。

我忽然對很多事感到無力，頓時癱坐在地上，春櫻替我泡了茶。

「剛才那個女生，你見到她了嗎？」

「沒有，她跑得很快。」

「這樣啊……」

我感覺到「……」之中有春櫻的疑問，於是將姿勢坐正。
「她叫理央，是我的青梅竹馬。我們住得很近，從小學就是朋友。」
「是喔？」
「我們真的只是朋友，她就像我的妹妹。」
「我認為這是最不可以對女孩子說的一句話。」
春櫻一邊說一邊拿水來，用她的化妝棉浸溼後，輕輕擦我的傷口。
「妳是說朋友嗎？」
「妹妹，女孩子最不想聽喜歡的對象這麼說。」
我的肩膀彈了一下，並不是因為春櫻用沾了消毒藥的化妝棉按在我的傷口。
「妳好厲害，真敏銳。」
「當然啊，尤其面對喜歡的對象就一定知道。」
我又顫了一下，春櫻對我的傷口吹氣，我全身越來越沒力氣了。
後來，我們吃了春櫻做的晚飯，各自洗澡，做好明天的準備後，各自躺進自己的被窩。
自從春櫻住進我家之後一直是這樣，今晚也一如往常，春櫻睡在鐵架床上，我則是把矮桌挪開，在空出的位置鋪墊被睡覺。關了燈，我注視著頓時變得熱鬧萬分的銀河天花板。春櫻沒有追問那件事，我也錯失了解釋的時機，說不出口。

我對理央說「我們正在交往」那句話，就像貼在天花板的星星貼紙，攪拌在例行生活的時間中消失無蹤。

「秋葉。」黑暗中忽然有人叫我，我嚇了一跳。春櫻躺著看向我，「我可以過去你那邊嗎？」

「嗯？」

「我什麼也不會做。」

這句話應該是男生說的吧？我一邊這麼想，一邊仰頭看著春櫻。雖然看不清她的表情，但可以感受到她不是天真地說出這種話。我下定決心，將棉被稍微掀開一點。

「好啊。」

緊張和喜悅在我們之間交錯。春櫻一滑入被窩，就把額頭靠在我的肩膀上。

「我跟你說，我有一個願望。」

「什麼？」

我心想，萬一她說要和我結婚，那該怎麼辦？我沒有理由像剛認識時那樣拒絕她。

但春櫻用比當初更嚴肅的聲音說道：「我希望你寫信給我，我也會寫給你。」

春櫻出發前往北海道後兩天所寄來的信，厚到令人想笑。信中寫到她選擇淺紫色的信紙，是因為她知道龍膽花的花語。

我用電腦搜尋，第一個出現的是「深信會勝利」。毫不保留地撰述自己的愛情之後，斬釘截鐵說出這句話的春櫻身上，有著和「美女的超級樂觀思想」不同的堅強。

個性懦弱、任何事都說不出口的我，對理央說出「我們正在交往」，對春櫻而言，是她好不容易才得到的確信。

我把準備好的信紙擺在面前，苦思了一整晚。就像擰抹布一樣絞盡腦汁，努力擠出要說的話。原本打算引用至今看過的小說文章，但找不到任何一句完全符合內心模具的愛情話語。

我把書櫃從上到下亂翻了一通，結果還沒寫就天亮了。若不在今天以內寄出去，春櫻就要回東京了。如果是電子郵件就能轉眼間寄達，而必須透過人手運送的信，它的傳遞方式令人著急。

我慎重地摺好信紙，裝入信封。

我的話，春櫻會明白嗎？

我用限時寄出，避免信件和她擦身而過。

隔天晚上，春櫻打電話給我。

「秋葉，你這是什麼意思？」

春櫻幾乎泣不成聲。我再次體認到，無論思慮再怎麼周到的人，人與人之間還是需要言語來溝通。

「不是啦！」

我敗給了沒出息的自己。

春櫻抽抽噎噎等著我繼續說。無論何時，她總是做好準備要接納我。我只要像拼圖一樣，把言語放在正確位置就好。不管我說什麼都是正確答案，無論任何形狀她都可以接受。

「我寄出白紙，是因為我寫不完。」明明沒什麼信仰之心，我卻向上帝祈禱後才小聲說：「我想寫出對妳的思念，可是信紙的張數不夠。」

只在故事中看過的「哈利路亞」，變成光粉從天而降。腦的突觸火花四散，彷彿要短路了，一下分開一下又接觸。

我全身無力，當場跪了下去。

電話另一頭的春櫻也用放鬆下來的聲音說：「謝謝你。」

用不著多說，春櫻回到東京的當晚，我們就結合了。

我非常興奮。坦白說我真的興奮到無法控制。沉浸在愛情的每一天，幸福到無可救藥。我第一次明白，幸福這種舒服的感覺，必須和別人分享才能成立。

我從窗簾縫隙仰頭望著逐漸變白的天空，一邊輕撫春櫻柔軟的髮絲。春櫻在我的臂彎中一邊滑手機，像貓一樣瞇起雙眼。

必須先度過因熱情而神魂顛倒的夜晚，才能迎接心醉神迷的早晨。

「秋葉，你看，龍膽花的花語。」

「深信會勝利，對吧？」

「還有喔，『愛上憂傷的你』。」

「不憂傷的話，妳就不愛我了嗎？」

春櫻在我懷裡轉過身趴下。我把臉湊過去，她用嘴脣接住了我。渙散的感覺侵蝕了全身。

她在尚未完全天明的夜晚終點喃喃說道。

「用愛陪伴你的憂傷。龍膽花的花語中，不覺得這個說法比較動人嗎？」

「用愛陪伴你的憂傷。」這句話的口感，比剛才那句要來得更好，「換句話說，就是無論何時都會愛我，素嗎（註4）？」

「素啊！」春櫻開玩笑地說，我連同棉被一起抱緊她。

「差不多該去買暖桌被了。」

註4　這裡秋葉使用了關西腔，而春櫻也使用關西腔回應。

「暖桌！終於到了！」
「也要買橘子。」
「太棒了！」
春櫻或許也和我一樣興奮。我們只憑彼此，就讓整個世界完美成立了。
所有的一切都很順利，我深信不疑。

9

我生日當天，春櫻從早上就幹勁十足。她說要請假不去上課，幫我做一桌好菜，我鄭重拒絕了。
「小莉說幾點要來？」
「三點，她說阿神會去車站接她。」
「妳知道他們兩人現在怎樣了嗎？」
「好像還沒有正式交往，但遲早會吧？你和阿神不聊這些嗎？」
「他好像是認真起來就說不出口的類型。」
我們互看後笑了。穿過了大學正門，春櫻往文學系走去。她在半路好像發現了某人，小跑步衝了過去。藤井華夜從樹叢後方走了出來。

我們越過春櫻眼神交會，從她身上感受不到殺氣和嫉妒，她和春櫻並肩，就這樣轉身離開。我真是搞不懂女人。和社團那群人發生糾紛的那一天，春櫻確實將華夜拒於門外。但不知不覺間，兩人又和好了。

知道華夜的心情雖然讓人感覺很鬱悶，但只要她陪在春櫻身邊，就能保障春櫻的安全。就像華夜當作我不存在一樣，我也決定只把她視為春櫻的保鑣。

只要能維持目前的生活，這樣也沒關係。只要能和春櫻在一起，這樣就好。

一下課，阿神就為了接小莉衝出了教室。我則是到大學校園內的圖書館還書。雖然隔壁就有區立圖書館，但校內圖書館的藏書也很充實。我逛了一下專業書籍的書櫃，來到文學書區，將手伸向擺在那裡的《銀河鐵道之夜》。

我當場隨手翻閱，思想墜入了故事裡。

小時候，第一次在理央家讀到這本書時，我以為是旅行的故事。第二次看，以為是星座的故事。我用星座盤對照故事裡出現的星座，反覆閱讀。國中時，故事中出現的「真正的幸福」這句話，像魚的小刺一樣扎在我的胸膛，拔不出來。

高中時，我所背負的悲傷和痛苦，不知是否能通往「真正的幸福」，我感到很害怕。我喜歡這個故事，每次看都會呈現不同的面貌。

而現在，無論擷取故事裡的哪一段，我都會想到春櫻。龍膽花和葦道增七的雙星，北十字星到南十字星的旅途中，都有春櫻的身影。

結果我當場看完，輕嘆一口氣後闔上書。我用鼻子感受著紙和墨水殘留的氣味，把書放回書櫃。

「羽田。」

有人用提醒的聲調叫我，我吃驚地回頭，藤井華夜就站在那裡。我不由得抱緊包包，保護我的身體。比賽的鑼聲隨時會無預警地敲響。

「聽說今天是你生日。」她說出了出乎意料的話，害我不知道怎麼回答。華夜看我畏畏縮縮的，用鼻子哼笑道：「這是禮物。」

她用了魔術師將手扭轉後攤開，手心裡出現花、鴿子或錢幣那樣的動作，把包裝好、手掌大小的長方形盒子遞給我，上面還細心地綁上了緞帶。

我心生懷疑，深怕一收下就會立刻爆炸，華夜輕輕地笑了。像是擺脫了附身的壞東西，非常爽朗的微笑。

我戰戰兢兢地收下禮物。盒子輕到彷彿裡面沒有裝任何東西，看來不是炸彈。

「再見。」

華夜轉身背對我，我連忙向她道謝。她輕輕揮手，把手插進皮外套的口袋後，踏出了圖書館。我像解除警報般鬆了一口氣，這次換成包包裡的手機開始震動。

『你現在在哪？』是阿神傳來的訊息。

那兩個女生嫌阿神礙事，他鬧著彆扭回到校園內。

有合作社和學生餐廳的校舍前，排放著類似露天咖啡座的桌椅。中午人聲鼎沸，我不會靠近那裡，但這個時間幾乎沒有人，所以我和阿神約在那裡碰面。

「我也很擅長下廚啊。」

「我家的廚房沒那麼大，裝不下三個人啦。」

我勸說著嘟起嘴的阿神，內心依舊忐忑。

「發生了什麼事嗎？」

他還是一樣敏銳。

我從包包裡拿出繫上緞帶的盒子給他看。

「怎麼？誰送你的？你不是有春櫻嗎？」

「藤井華夜送的。」

一聽到這個名字，阿神的眉間就蒙上一層陰影。

「炸彈嗎？」

「盒子很輕，應該沒問題。」

「該不會裝了蟲子的屍體吧？」

我們目不轉睛盯著放在桌上的盒子。

「打開看看啊？」阿神說道。

「你來打開。」

「才不要，我不想死。」

阿神搖搖頭，有七成是認真的。

我們互相配合呼吸，眼神交會，做好完善的心理準備。阿神用三分緊張、七分好奇的心態看我解開緞帶。我則是緊張的成分居多。

打開包裝紙，裡面露出了水藍色的包裝。一看到「極薄」二字，我馬上理解那是什麼東西。我用拆下來的包裝又把它包回去。

我和阿神之間，瀰漫著不愉快的空氣。

「笑不出來耶。」

我垂下頭點頭同意。第一次看到這麼冷的笑話。

「意思是叫你們避孕？」

「噁心死了。」

「不然還有什麼意思？」

「我怎麼可能知道那個女人在想什麼！」

沒有人知道送保險套當生日禮物的人，心裡到底在想什麼。

「阿神，送你。」

「我才不要。」

保險套的盒子在桌面上推過來又滑過去。

我打從心底覺得氣餒。雖說是條件反射，但我確實對這份禮物說了謝謝。現在華夜肯定在嘲笑我是個愚蠢的男人。

「真拿你沒轍。」阿神連同解開的緞帶和盒子一起拿起來，塞進自己的包包裡，說：「我幫你處理掉啦。」

「抱歉……」

「受不了，你真的很苦命耶！」阿神像是想起了各種往事，聳了聳肩，「不過介紹你們認識的人，畢竟是我嘛。」

「啊——迎新聯誼會？感覺好像是很久以前的事了。」

「你有感謝我嗎？還是很恨我？」

阿神凝視著我。

——牧村學姊是春天的櫻花，這傢伙是秋天的葉子。

那時候，如果阿神沒有跑到春櫻那一桌說這句話，我和春櫻就不會有任何發展。春櫻在我心目中，肯定會成為近似虛擬世界的人物。

我單戀桐原麗奈，一邊看科幻小說一邊幻想著宇宙，失意時就會去天文館。這是多麼容易想像的平凡日常生活。即使有點脫離正軌，大致上也不會有什麼改變。我對那樣的生活沒有任何異議。

但是現在不一樣。「平凡的日常」已經遭到粉碎，用完全不同的顏色、材質和形式，建構起目前的生活。還添加了名為牧村春櫻的色彩。

「當然是感謝你啊！」

即使遭人痛毆、怨恨，比起走在事先安排好的軌道上，現在的生活好太多了。

十九歲的生日，是別人替我的出生感到開心的奇妙日子。春櫻和小莉做的菜非常好吃，阿神講的話逗得我們哈哈大笑。阿神和小莉的關係似乎有了進展，我覺得很不好意思。

春櫻一笑，我就由衷感到幸福。春櫻陶醉地望著矮桌的四面都被坐滿，這一定就是她所追求的幸福。她的桌子總是沒有填滿人，母親在小時候就過世了，姊姊早早結婚離家，家人一個一個在她面前，從座位站起來離開。

最後父親離世時，她看著三個空位，不知道內心到底想著什麼？

隔天，我們結伴去春櫻的公寓拿冬天的外套。雖然她並不是完全沒有回家，但沒有確實落腳的房間，即使家具再怎麼齊全，也缺乏生活感。

春櫻從衣櫃拿出黑白兩件大衣和厚毛衣，裝進了紙袋。

「這些就夠了嗎？」

「嗯，只拿我喜歡的。」

春櫻放在我房間裡的行李，只有最小限度的生活用品。
「我家太小了，沒辦法嘛。」
「不是這樣，只要有生活必需用品就夠了。」
我環視了春櫻的房間。將泡水的東西丟棄後，這個房間沒有增加任何物品。
「妳的物慾呢？」
「物慾？不知道，我想我應該跟一般人差不多。」
「第一次來這裡的時候，看起來不像跟一般人差不多。」
春櫻好像想起了那個亂七八糟的房間，笑了出來。
「自從去過你家之後，我啊，開始學會拒絕。」春櫻一邊從衣櫃下拿出靴子的盒子一邊說：「即使有人推薦，只要認為不需要，我就敢說我不要。不管是大家都有，還是流行的東西，我覺得不需要就不會買。以前我甚至搞不懂自己不需要什麼、想要什麼，如果沒有擁有所有看到或碰到的東西，我就會覺得不安。自從和你一起生活後，我變得可以判斷自己需要什麼、不需要什麼。因為你不買多餘的東西，可能是受到了你的影響吧？」
「妳不再覺得不安？」
「不會了。因為我最想要的東西，隨時都在我身邊。」
我不知道該露出什麼樣的表情，只好別開視線。

秋風從陽臺吹進來。我抱著抱枕縮成一團，感覺全身逐漸變得透明。在這個房間裡，春櫻是否很孤獨呢？受到身邊的人那樣疼愛，把她捧得高高的，投以羨慕的眼光，但點亮這個房間的總是她自己的手指。

春櫻的容身之處只有這裡。二十一歲的女性沒有任何地方可以說「我回來了」、「歡迎回家」，這種生活方式有多麼不安，我實在難以想像。

我以為春櫻本身是個黑洞，其實並非如此。春櫻是被黑洞吞沒的那一方。

春櫻拍了我的肩膀。我抬起頭，她遞給我裝了果汁的杯子。她面露微笑，像是要幫幾乎要哭出來的我打氣。

「總覺得好浪費喔。」

「什麼意思？」

我抱著抱枕環視房間，「妳幾乎住在我家，卻還是在付這裡的房租。」

「說得也是。」

「不如搬家吧？」

春櫻的臉上參雜著期待和困惑。

「兩個人一起。」

她的表情頓時變得開朗，「真的嗎？」

「我們租稍微大一點的房子，就能裝進這裡所有的東西吧？」

「我好高興！」

「抱歉，但房租要一人一半喔。」

「那當然。」

春櫻興奮地撲向我。我沒有自然而然嗨起來的技能，只能接受她的興奮，但我的內心是熱鬧無比的。

之後我們順勢就上床了。最初一切都笨手笨腳的，隨著次數變多，行為舉止也變得流暢多了。春櫻從夏天尾聲開始幾乎不再穿裙子。可以的話，穿裙子比較好脫，但比起輕飄飄的服裝，她更喜歡休閒服。

自從她明白我的心意從桐原麗奈身上切割乾淨後，服裝也漸漸改變了。一開始很難對付的牛仔褲，現在也能輕易脫下來。

當我們一絲不掛，來到最後結合的階段時，我忽然察覺到這裡不是原本的房間。我忽然停下動作，身下的春櫻也顯得很著急，但她馬上就明白我停下的理由，指著地板上她的包包。

「我有。」

她說得沒錯。包包裡的化妝包，有一整盒保險套。我家裡的份越用越少，所以她事先買好了嗎？我心想，春櫻應該是第一次去買保險套回來，這意味著我和她的行為，已經變成她生活中的一部分了嗎？

我覺得很高興了，並一直做到早上。達到頂點的情慾，在看到春櫻也高潮後又回到起點，就這樣不斷重複。

我們還發生過兩次戴套時，保險套不小心破掉的意外，我們看著對方笑了。不知道是第幾次，我拔出插入的東西時，保險套的外面也沾滿了精液，把我嚇了一大跳。套子好像在裡面破掉了，春櫻卻說不要緊，沒有把這件事看得很嚴重。

我發現我們變得很從容，連意外也可以一笑置之，這件事也很令人開心；我不斷頂著春櫻，春櫻則緊抓著我發出高潮的叫聲，我陶醉於她的嬌喘中。

不吃不喝拚命做愛之後，我們連洗澡都嫌麻煩，累得睡著，醒來時已經傍晚了。

我們走進春櫻家附近的家庭餐廳，點好餐後，春櫻忍不住打了一個小哈欠。

「還好嗎？」

「啊，對不起。」

「不是，我是說妳的身體。」身後有小孩子大聲尖叫，在這種地方談那種話題實在太露骨了，我只好含糊其辭。春櫻輕笑道：「放心啦，我還年輕。」

她在胸前輕輕握拳，精力充沛。

我原本想用笑容回應，卻忽然想到一件事。

「做這種事，會不會影響心臟？」

「萬一我因為秋葉發病了該怎麼辦啊？」

「喂！」

「放心啦，我今年春天的遺傳病檢查完全沒事。雖然醫生有說如果有什麼特別重大的原因，那就很難說了。」

「原因？比方說什麼？」

「冬月姊姊那時候被說生產很危險，但最後她還是平安生了兩個孩子。所以我也沒問題啦！」

平安無事就好。我希望春櫻也像冬月一樣結婚生子，獲得做為女性的幸福。我這麼想，同時也強烈希望未來那個對象就是我。

「怎麼了？你的表情色色的。」春櫻咯咯笑。

平安無事就好。希望她能像今天這樣在我身邊歡笑，然後度過明天，季節更迭，過著快樂的生活。

「我會努力。」

「努力什麼？」

「念書。」

春櫻納悶地歪頭，但我對於下定決心的事感到心滿意足。

春櫻在迎新聯誼會上對我說的那句話，總有一天會輪到我對她說。一想像到時候她會露出什麼樣的表情，與其說是害羞，更覺得好笑。

當時的我恐怕作夢也沒想到，自己有一天竟然會想和春櫻結婚。

「秋葉，到底有什麼好笑？」

「沒事。」

「你好像時代劇裡面的壞官吏喔！」

我把擦手巾扔到她身上，春櫻快樂地大笑。

第五章　一半顏色不同的血

1

冬天來了。

我決定寒假也不回老家，但這次不像暑假那樣蓄意逃避。我寫了信給母親，還寄了大一點五公分的鞋子給夏芽。

春櫻年底和年初都忙著工作。連續好幾場《Sucre》主辦的活動，讓她比平常還要忙碌。我以為模特兒的工作只有拍照刊登在雜誌上，其實也有很多需要露臉的工作。

十二月三十日的半夜，電話聲響起。

一開始我以為是手機鬧鈴響了。我這個時間睡得很熟，根本沒想到是來電。

「喂……」

睡在旁邊的春櫻也醒來了。
一片漆黑的房間中，只有我的耳畔亮著微微的白光。
「請問是羽田秋葉的手機嗎？」
對方忽然把槍口對準我的太陽穴，我還來不及做好防衛的準備，子彈就發射了。
我的父母死了。
夏芽受重傷被送到醫院，警方聯絡我，要我立刻趕到京都。
春櫻代替大受打擊、動彈不得的我打電話給阿神。向阿神解釋過後，他立刻開車來載我。一抵達我住的公寓，小莉就從副駕駛座走了下來。
「秋葉，快上車。」
「啊，好……」
「振作啊！」
小莉巴了我的頭，我稍微從夢裡清醒了。換洗衣物和各種準備，春櫻都替我打理好了。
「我還是要一起去。」
春櫻的手已經放在後座的門把上，我制止了她。
「妳還有工作不是嗎？」

「可是——」

「等我搞清楚怎麼回事，我會打給妳。」

「一定喔！我會立刻趕過去。」

我安慰難分難捨的春櫻，坐進了副駕駛座。將警方告訴我的醫院輸入導航後，和緊急事態恰巧相反的冷靜聲調，開始引導我們前往目的地。

我和阿神留下春櫻和小莉，前往了京都。

為什麼是京都呢？我一邊抬頭看著高速公路以等距設置的橘色燈光，一邊愣愣地想著。

一抵達位於京都長岡京市的醫院，我發現理央和兵頭叔叔也在那裡。理央的父親就像是出現在《傑克與魔豆》中的巨人那種彪形大漢。但好久沒見的叔叔，坐在昏暗候診室的椅子上，看起來卻那樣矮小。

「秋葉！伯父伯母出事了！」

朝我衝過來的理央放聲大哭，癱坐在像滑冰場那樣冰冷的油氈地板上。

我聽了警方和醫師的說明。

父母和夏芽坐的車子在晚上十點過後，於名神高速公路上發生了自撞車禍。可能是超速，也可能是方向盤操作失誤，總之車子撞上隔音牆，力道大到車頭幾乎全毀。

我的父母當場死亡，坐在後方的夏芽可能沒有繫安全帶，所以被拋出車外，全身嚴重擦撞傷。肺部出血非常嚴重，腰椎也骨折了，正在進行手術。

我的意識越來越模糊，阿神在一旁支撐著我。

夏芽的手術結束後，醫師把我叫到另一個房間。他簡潔地告訴我，肺部積血已經清除乾淨，恢復腰椎錯位的一連串手術也毫無延遲地進行完畢。

雖然沒有一直提到醫學專業術語，但我幾乎聽不懂身穿白袍的男子在說什麼。小小的夏芽和嚴重的事態搭不起來。我的頭像是被套上裝滿險惡空氣的塑膠袋，呼吸越來越困難。

等夏芽的病情穩定後，會再安排電腦斷層和磁振造影等檢查，但恐怕會引起重度的脊髓損傷，很可能會留下麻痺的後遺症，要做好心理準備。醫師用嚴肅的聲音這麼說。

做好心理準備？為了什麼？

夏芽在加護病房，沒辦法會面，我便到父母那邊去。

那一晚非常漫長。感覺就像緩步走在光照射不到的洞窟裡，也像在沒有星星的夜晚踏入動物棲息的森林裡，充滿危險。

一站在醫院地下樓太平間的門前，我就感受到某種無形的東西俯視著我，對我逐一檢查，像是要禁止活人進入。這種地方不方便叫阿神陪我來，所以我請他留在樓上的候診室。

用混凝土建造的房間沒有窗戶，彷彿不容許靈魂脫離，光源也只有蠟燭的火焰。走在瀰漫線香的煙的房間裡，叩叩響的腳步聲，就像是加上去的音效一樣，響遍整個空間。

「就在這裡。」

覆蓋在遺體上的布掀開了。

雖然我多少預料到了，聽說車頭全毀，父母的臉不是缺了某個部分，就是某個部分被壓扁，或是某個部分碎掉了，所以和我認識的兩人感覺完全不同。更何況他們已經死了，更遑論什麼氣氛或是感覺。

但是，他們就是我的父母，錯不了。

「媽媽。」

我試著像小時候一樣呼喚她。

她沒有回應。

我的呼喚永遠失去了著陸的地方。

然而，我並沒有時間哭泣或頹喪。即使這是我人生中最嚴苛的一個夜晚，對其他人來說，只是一個必經的過程。

父母的司法相驗結束，法醫製作相驗屍體證明書的期間，我便和醫院安排的葬儀社討論喪葬事宜。首先必須把遺體運回老家。

忽然得辦理這些事務，我必須不斷切換腦子和身體的開關，才能在超級夢境和超級現實中來來去去。

睽違八個月回到老家，親戚都來了。我委託他們處理喪葬事宜，再次回到醫院，已經是早上了。

「夏芽的病情沒什麼變化。她哭著喊痛，所以打了麻醉。」理央哭哭啼啼地對我說。

我拜託兵頭叔叔處理喪葬事宜。

「爸的親戚都是岡山人，我想他們應該不清楚町內的事。」

「好，叔叔會幫你安排。我也會叫我老婆幫忙處理餐點，你放心。」

「我把爸的手機和媽的通訊錄拿來了，現在開始要聯絡很多地方。」

「我把理央留下來吧？」

我看了理央。上次在那種情況下分開，這次重逢卻又遇到這種事，她的內心肯定百感交集。但我需要照顧夏芽的人手。

「拜託妳了。」我簡短回答，她也輕輕點點頭。

我把候診室的阿神叫過來，介紹他們認識。我請阿神留在這裡，麻煩他打電話給爸公司的人。

「抱歉喔，阿神。」

「別這麼說。還有，我先打過電話給春櫻了。我說秋葉現在不方便打電話，她也諒解了。她交代你一定要好好吃飯。」

「嗯。」

「我去看夏芽，順便問問看能不能會面。」

「拜託妳了。」

或許是因為我們提到了春櫻，理央就像逃跑似地朝加護病房跑去。

我和阿神分工合作，在除夕早晨向各個家庭告知父母的死訊。在不斷重複說著同樣話語的情況下，我父母的死逐漸變成一般事務的感覺，現實感越發孱弱。

完成所有的聯絡後，我向阿神道謝。

「親戚都來了，接下來我一個人處理就可以了。真的很謝謝你。」

「沒關係，我會留下來。任何事我都可以幫忙。」

「不行啦。你家過年時親戚和官員都會來，應該很忙吧？你回家比較好。」

「可是我看你魂不守舍啊！」

我微微笑了。

「就算魂不守舍，還是動一動比較好。我現在不想讓自己有時間胡思亂想。」

我不願去想母親的聲音、父親的笑容、不孝的自己和沒拆開看的信。現在感傷還太早了。

「真的很謝謝你。如果我真的撐不下去，我會再叫你來。」

「……我馬上就會開賓士飛過來。」

阿神用有點輕鬆的口氣說道。他的開朗，瞬間拯救了我。

阿神一走，包圍我的空間就像切換了頻率般，轉換成關西模式。開關喀嚓一聲切換，世界就改變了。

和春櫻共度的聖誕節，就像是昔日看過的電影中發生的事，失去了感覺。

隔天，醫院允許我和夏芽會面。

夏芽躺在過大的床上，兩側被機器和點滴包圍；雖然渾身是傷，但不像父母那樣臉被壓扁或是缺損。只不過，即使蓋著被子，被固定起來的腰部還是讓人不忍卒睹。

或許是打了麻醉的關係，夏芽意識模糊。像是被施了催眠術一樣，雖然睜開了眼睛，卻又立刻閉了起來。

我呆呆看著生命操控在他人手中的妹妹，看了好幾個小時。一旦握了她的手或輕撫她的頭髮，夏芽的性命彷彿就會被那個人捏碎，我害怕得不敢碰她。

傍晚，護理師把我叫去。目的是辦理夏芽的住院手續，說明轉院到老家附近的醫院的流程，以及歸還她穿的衣物。我像機械一樣，在護理師遞給我的文件上一一簽名，對他說的話也幾乎表示同意，然後收下了裝在塑膠袋裡的衣物。

我坐在加護病房前走廊的長椅上，打開了塑膠袋。冒出的蒸氣中帶有血的氣味。夏芽小小的毛衣染得紅通通的，甚至看不出原本是白色還是粉紅色；沾上髒汙的黑色裙子，看起來好像是剛買的新衣服。

警方告訴我，他們打算外出去京都的旅館過年，但父親的工作耽誤了，晚了很久才出發，父親聯絡旅館說他們會晚到。旅館問他們要不要改成明天入住，但父親告訴對方，「我想讓女兒吃到京都美味的早餐，所以今天晚上一定會趕到。」

警方的說詞就到此為止。

理央告訴我，母親非常擔心忙碌的父親。她抽抽噎噎地哭著說，父親在聖誕節去她家買了Chanmery（註5），那也是他們最後一次碰面。

知道我不回老家後，夏芽非常沮喪，所以這是一趟為了替夏芽打氣的旅行。理央用責備的口氣說道。

註5　日本獨有的香檳風碳酸飲料，聖誕節聚會時會喝。

最後從塑膠袋裡出現的，是粉紅色的運動鞋。鞋底上標示二十點五公分的數字還清晰可見，這雙鞋子就是隨著我知會家人過年會留在東京的信件，一起寄回家的那雙運動鞋。

離開主人的小鞋子，摸起來的觸感像是一樁重大罪行。

我從僅僅七歲的妹妹身上奪走了一切。

排放在冰冷走廊的長椅，就像沒人記得的小船，漫無方向地漂流，把我逼到孤獨的深淵。我對沉浸在幸福裡的自己感到可恥，卻又強烈地想見春櫻。然而現在的我是不被容許這麼做的。

夏芽，對不起。

對不起，對不起，我很抱歉。

2

父母的葬禮辦完後，我和人數不多的親戚商量了今後的事。他們不怎麼諒解么弟在大阪和有孩子的女人再婚，所以沒有人願意協助我。這是當然的，畢竟我和他們沒有任何血緣關係。

母親那邊也沒有可以聯絡的親戚。所以當初無論父親如何對母親暴力相向，她才會都沒有逃。

「秋葉，接下來你會很辛苦。」他們知道夏芽的病情不樂觀，刻意用見外的口吻說道。

唯獨其中某個人「這下子沒辦法繼續念大學了」的這句話，重重打擊了我。這句話像一把銳利的刀，劃開了我的胸膛。

然而，我沒有時間繼續當殘留在陸地孤島的漂流者。

夏芽只要麻醉一過就會大哭大叫，那個哭法連加護病房的護理師都應付不來。但只要一看到我，她就立刻停止哭泣。

「哥哥，你回來啦。」

夏芽彷彿什麼事都沒發生過，看著我笑。

但相對的，當她醒來時，只要沒看到我，就會哭得比一開始更慘。

到頭來，來參加葬禮的大人中，只有兵頭叔叔對我伸出援手。

「叔叔，真的很對不起。」

「沒關係、沒關係，別掛在心上。」

坐在駕駛座的叔叔，似乎從熟人過世的打擊中稍微振作了精神，逐漸恢復到《傑克與魔豆》中，巨人那樣的印象。

「我也不會再麻煩理央幫忙了。」

「不要這麼見外，小秋。」
「可是，她是考生。」
「無所謂啦！反正她也不是非念大學不可，理央想念的是『東京的大學』。不過她不知道怎麼搞的，忽然說要念大阪的大學。但她根本沒在念書，我看她八成是想念跟你同一所大學，但是成績達不到標準吧？」
「……」
「畢竟那傢伙從小就是你的跟屁蟲。」
因為叔叔很開朗，反而讓我更心痛了。
我拜託叔叔讓我在車站下車，看了時刻表，發現電車到站還有一點時間。我掏出手機，自從回大阪後，這是第一次打電話給春櫻。
機器的聲音告知我：「對不起，您撥的號碼沒有回應。」
失去日期感覺的我，完全猜不到春櫻今天在哪裡。
春櫻傳了好幾次郵件給我，但後來我就越來越沒空回信。針對這一點，她完全沒有責怪我。我簡短告訴她目前的狀況後，她回傳郵件告訴我，她會親自去圖書館解釋。然後我就再也沒收到信了，這是她傳給我的最後一封郵件。
我目前遭遇到什麼樣的情況，不只在感情上，在事務上她也非常明白。因為我現在做的，就是幾年前她獨自承擔的事。

阿神和小莉也有傳郵件給我。阿神說放假時還會再過來一趟，小莉則是用她少少的語彙，努力地鼓勵我。

我打了好幾次電話，春櫻都沒有接。打著打著電車就來了，我又搭上了名為現實的列車。

我等著要去樓上加護病房的電梯，但燈號顯示電梯正在最高樓層，我只好死心爬樓梯上去。經過茶水間時，我看到理央在裡面。她低頭注視著垃圾桶。

「理央。」

我的叫聲讓理央嚇了一跳，她連忙回頭。

白熾燈下，夏芽的表情非常僵硬。我一靠近，她就慌慌張張地把一個東西扔進附蓋子的垃圾桶裡。我的眼角瞄到紫色的花瓣飄落，看起來就像某種啟示。

「秋葉，你剛到嗎？」

她的聲調變得很高。我們是青梅竹馬，我一看就知道理央隱瞞了事情。

我把理央從垃圾桶前推開。

「幹麼啦！好痛！」

理央一邊吼，一邊拚命伸手去構垃圾桶的蓋子。

「妳在隱瞞什麼？」

「跟秋葉你無關！」
我甩開理央的手，打開了垃圾桶的塑膠蓋。裡面丟了一把還包著透明包裝紙的花束。我像要拯救它一般拿起花束，從龍膽花上面，我似乎聞到了微微的春櫻氣味。
「探病不可以帶鮮花！」理央不服輸地自言自語。
我當場丟下裝了夏芽替換衣物的紙袋，從茶水間衝了出去。我才剛自覺對夏芽做了很殘酷的事，現在卻朝春櫻飛奔而去。
明知道這個選擇，對夏芽和理央都是最糟糕的，但我卻衝下樓梯，在走廊上奔馳，穿過大門，擺脫重力奔跑。完全無視夏芽這輩子可能再也無法移動雙腳的事實。
我來到車站，但沒有看到春櫻的影子。通過驗票口來到月臺，還是找不到春櫻。不曉得電車是不是剛走，一個人都沒有。
「春櫻！」
沒有人接住我的聲音。
「春櫻！」
也沒有人擁抱我。
但她確實來了。
春櫻的確來到了這裡。
我好想像個迷路的小孩一樣放聲大哭。我好想見春櫻，好想抱緊她，好想聞春櫻的氣味。但是每一個地方都不見她的蹤影。

馳入月臺的電車所帶來的風，把龍膽花吹得不停搖晃。我在啪沙啪沙的搖晃聲中，想起了她說的話。

『用愛陪伴你的憂傷。龍膽花的花語中，不覺得這個比較動人嗎？』

3

——後來，不管我打了多少次電話，春櫻的手機從來沒有接通過。

我逼問理央，問她到底說了什麼把春櫻趕回去，但她堅持閉口不答。

即使坐在夏芽旁邊，我還是想著春櫻。

「哥哥，還不能跟媽媽見面嗎？」

春櫻回到東京了嗎？對了，聯絡冬月看看好了。

「哥哥！」

夏芽的聲音讓我回過神。

「什麼？」

「媽媽，還不能見面嗎？」

黑色眼珠筆直地映照著我，害我心頭一驚。

「爸爸媽媽都受傷了，還沒辦法動。」
「跟我一樣。」
爸媽已經死了這件事，我不知道該怎麼向夏芽開口。
理央不再來醫院，我便住在醫院照顧夏芽。
不知不覺的，新年結束了，原本天天更換的主治醫師固定了下來，醫院裡的氣氛也變得開朗多了。醫院逐漸回到正常軌道，但我們兄妹的寒假卻還無法結束。
夏芽的診斷結果是腰椎骨折伴隨脊髓損傷。受傷的肺順利痊癒了，不用靠氧氣治療也能自主呼吸。但她的下半身卻一動也不動。
人類具有修復損壞的機能。但醫師告訴我，連結腦的中樞神經，也就是脊髓，是一旦受損就無法修復的器官。
雙腳的痲痺叫作截癱，在殘廢等級表中被認定為一級，是如假包換的殘廢。醫師很無情地建議我準備輪椅，將自家翻修成無障礙空間。
我逼問醫師有沒有治療的方法，做伸展運動或復健是不是比較好？我向醫師提出自己從網路找來，臨陣磨槍的知識，但醫師並沒有點頭贊同。
除了雙腿不能動，夏芽康復得很快。把病床搖高讓她吃布丁時，她露出笑容陶醉地說：「好好吃喔！」
夏芽的天真是無盡的。豈止如此，因為我哪裡也不去，可以感受到她真的高興得不得了。才七歲的孩子都是活在當下。在眼神如此清澈的時期，看不到思考將來的能力。

離開加護病房的夏芽，轉到了個人病房。我很想要求到一般病房，但我可以預料到，只要我不在，夏芽就會不分晝夜地大哭大鬧，給別的患者添麻煩。況且，如果是個人房，我住下來也不用顧慮太多。

兵頭阿姨的女性朋友是保險業務，正在幫我們辦理賠。對方說會拿到一筆滿大的金額，短時間內可以不用擔心住院費用。

但醫師說的輪椅和翻修，不知道要花多少錢。只要一想到將來的事，我的心情就很黯淡。

「哥哥，東京好玩嗎？」夏芽倚在搖起的床頭，一邊喝果汁一邊問我，「你有沒有交到朋友？」

「有啊，他叫阿神。」

「阿神姓什麼？」

「神是他的姓，他叫神命，漢字寫作神的性命。妳知道漢字嗎？」

「嗯，我會寫夏和秋。」

「好厲害喔。」

我輕撫夏芽的頭，她就像迎面被風吹似地瞇起眼睛。

我和夏芽以未曾有過的距離感生活在一起，沒有媽媽也沒有爸爸可以讓我逃避。我們是 x=y。x 就是 y，而 y 也等於 x。在算出答案前，無論寫成什麼樣的計算公式，最後填入的數字都一樣。

我只有夏芽，而夏芽也只有我。雖然身上流的血緣有一半不同，但另一半相同的人已經不在世上了。夏芽這塊拼圖，只能和我契合。再也不會出現另一個更適合的人。

永遠，不會再有。

我看準夏芽已經睡著，便從病房來到中庭。不看診的星期天，人潮稀疏，流動的時間也變得緩慢。我一將脖子往左右傾斜，就發出卡卡的聲響。我在空出的長椅坐下，按下手機的電源鍵，然後就收到了阿神傳來的郵件。

『對不起，寒假時沒辦法過去。你聯絡上春櫻了嗎？我每天都會去文學系看看，但是找不到她。藤井也不見蹤影。如果你沒空打電話給春櫻的姊姊，那我來打。上課的事不用擔心，我都幫你做好筆記了。』

我從通訊錄叫出冬月的號碼，按下通話鍵。不管什麼時候打都聯絡不上她，但星期天應該沒問題。

不是耳熟的禮貌機械回應，而是撥通時的回鈴音，讓我有些緊張。好久沒和冬月講話了。我一邊聽著回鈴音一邊呆呆地想，阿神郵件裡提到的文學系、上課和筆記等破碎的日常生活，就像上空流過的雲。

「喂？」

馬上就聽得出來對方很不爽。

「我是羽田。」

「幹麼？」

這個說話方式，如果我說了什麼開場白或打招呼，她一定會理智斷線。我不由得重新坐好。

「春櫻有沒有去妳家？」

「為什麼這樣問？」

「她的手機打不通。我現在人在大阪。」

「我知道。你何時回東京？」

冬月跳過所有的過程，只要求答案，我有點膽怯。

「不回來了？還是回不來？」

「呃……」

何時？會是什麼時候呢？接下來已經決定好的事，就是再過幾天要讓夏芽轉院到老家附近的醫院，然後我就回去。但事情不會就此結束。等醫院的治療全部結束後，我就回去。再見。我向夏芽揮手道別，我前往東京，夏芽留在大阪。

和誰一起？今後夏芽要和誰一起生活？
我為之愕然，說不出話來。
「羽田，春櫻已經沒辦法去你那裡了。」
「什麼……」
「忘了這一切吧。」
「請等一下！」我不由得站起身，「讓春櫻跟我講話，妳到底做了什麼？」
「你想說我囚禁她嗎？」
「妳眼紅春櫻得到了幸福。」
「幸福？」
聽得出來冬月不屑地用鼻子哼笑。我全身的血都在燃燒。
「叫春櫻接電話！」
「我沒有囚禁她，但是她再也沒辦法去你身邊了。既然你不回東京，遺忘才是最好的選擇。」
「我不可能忘得了！」
「那你就立刻回來啊！」冬月用大我兩倍的聲音吼叫道：「忘了春櫻，想恨我的話就恨吧！」
冬月用言語推開我，但是用聲調安撫我。我的心跳加速。我必須說些什麼，必須想出個辦法。

但我的腦袋完全無法思考。

我的身體疲憊到了極點。醫院的家屬床幾乎沒有彈性，即使睡著也無法恢復疲勞。我沒有好好吃飯，也沒有洗澡。荒謬的事情不斷發生，完全搞不懂到底是怎麼回事。

「你可以不原諒我，但是請你不要怨恨春櫻。」

「我想見她……請妳讓我們見面。」

「你要好好疼愛妹妹喔，雖然我沒資格說這種話就是了。」

「春櫻在哪裡？」

「就只有春櫻，你一定要原諒她。」

「冬月姊！」

冬月的聲音像海浪退潮般逐漸遠去。

宣告不幸的聲音，像星星閃爍般響著同樣的節奏，最後連聲音都消失了。

回到病房，夏芽還在睡。

我腳步踉蹌地靠近床，整個房間被微暗籠罩。寂靜無聲到讓人覺得可怕。

我再次低頭看著夏芽的睡臉，跟剛才沒什麼兩樣，五官卻看起來有點怪怪的。

是細節變了嗎？夏芽的眉毛是長這樣嗎？這小小的鼻子、紅紅的嘴脣、圓圓的臉頰，到底是什麼來著？

腦子和視覺無法順利連結。過了一會兒，我終於發現了。我的腦子裡映著春櫻的模樣，但視覺卻捕捉到夏芽，兩者才會無法重疊。

啊啊！我是如此渴求著春櫻！

從身體底處湧上來的情慾，把皮膚燒得刺痛。腦子裡被春櫻逐漸填滿，視野卻塞滿了夏芽。這種突兀的感覺讓我非常不舒服。

不要，不要，我不要這樣！不對，不對，不是這樣！

這些想法像詛咒般打進我的頭。

忽然，猶如天啟的念頭閃過。

——排除。

這句話帶來了光明。

沒錯，只要沒有夏芽，我就可以回去。我有可以行動的雙腳，我能夠離開這裡，可以去東京。無論何時都可以回到春櫻的身邊。

沒錯，就是排除。

伸手可及的脖子細到令人訝異，大拇指觸碰到頸動脈的脈動。夏芽的性命就暴露在毫無防備的地方。我靜靜地使力，沒有看夏芽的臉。

「秋葉！」
突然，我的身體彈了出去，撞擊在牆壁上。
疼痛讓我回過神來。不知道為什麼，理央就站在那裡。
「你在做什麼？」
「呃？」
「北七！秋葉你是北七！」
理央一衝過來就不斷捶我的胸膛和臉頰。夏芽聽到聲音醒過來了。
「咦？理央，好久不見。」
理央放聲大哭。

我說要送理央回去，跟夏芽強調我會馬上回來，就和理央走出了病房。拉著理央的手的那隻手不停顫抖。我們來到樓頂。因為傍晚這裡吹著強風，沒有人會來。
理央坐在顏色剝落的木製長椅上，依舊哭個不停。
「對不起，秋葉。對不起。」
「為什麼是妳道歉？」
「因為是我把你逼到走投無路呀！是我的錯！」
理央不停抽泣，我像是要把她的頭包覆起來一樣撫摸著。別人的體溫像濁流般從皮膚湧入，我不禁嘆了一口長長的氣。

「幸好妳來了。」

看到我從混沌中清醒，理央哭得更激動了。

目送太陽從雲間西沉後，轉眼間黑暗就來臨了。樓頂的燈就像有感應似的，一口氣全亮了。因為全部都是白熾燈，明明很亮卻增添了幾分寒冷。

理央擤了鼻涕，一邊擦眼淚一邊開口。

「那個人來過了，牧村春櫻。但是我把她趕走了。我說夏芽需要秋葉，不准她把你搶走。我還說她很礙事，叫她不准再跟你見面，你再也不會回東京。那個人說她要來大阪，說會放棄大學學業，還會照顧夏芽。她說她會扛下所有的事情，讓你繼續念大學。我很震驚。我和身邊的所有人，都認為你沒那個閒工夫繼續念大學，可是那個人不一樣。」

理央的臉又被眼淚和鼻水弄得亂七八糟，她一邊回想一邊繼續說。

「我心想，你愛她是無可奈何的事。可是，我無法忍受她比我還愛你。我從來沒有考慮過你的將來，不只如此，我甚至認為這下子你就沒辦法回東京了。但那個人為了你不惜拋棄一切。她的表情對東京一點依戀也沒有，所以我很害怕，心想她千萬不要過來。大阪是我的地方，在大阪的秋葉是屬於我們的！」

我不發一語地聽。

「我說了很多，還遷怒於她，說都是因為她，夏芽才會出車禍。我說了好多會讓牧村春櫻會受傷的話。我很拚命，一句接著一句，停不下來。」

我可以明白理央在春櫻身上感受到的恐懼。

自己拚命守護的地盤，那個人卻非常率直地踏進來。她散發的超然透明感，讓她說出的話不管是好是壞都足以信任，無論任何事都可能真的去做，春櫻就是有如此清澈的恐怖。

直到現在，我知道春櫻不管在什麼時候，都忠實於她心中的第一順位。真的太亂來了，但我也喜歡她的荒唐。

我想見她。

我好想見春櫻。

「秋葉，你沒有告訴她阿爸的事，也沒有告訴她，你和夏芽是同母異父的兄妹，對不對？」

「什麼？」

「因為只有在我告訴她，你們即使父親不一樣但還是兄妹的時候，牧村春櫻的臉色變了。所以我認為她對你完全不了解。我告訴她，不知道你最痛苦的事，怎麼有臉當你的女朋友。」

我只是不想把那些痛苦的回憶帶進那份幸福裡。但是，我可以想像春櫻聽到理央說這些話時，她有多麼痛苦。
「後來你們有沒有說什麼？」
「沒有，我聯絡不上她。」
理央一臉愕然。
「都是我害的，她一定生氣了。」
「春櫻不會因為這種事就不理我，也不會對妳發脾氣。」
假如她是會對出於衝動攻擊而懷恨在心的人，也就無法和冬月抗衡了。她不是理央有辦法對付的人。
只有一天也好，我想回東京。想和春櫻說話，親口向她解釋我和家人的一切。
可是，我不能拋下夏芽。
到頭來，答案還是到這裡就結束了。
我壓抑住心神不寧的情緒，站了起來。
「我問你，秋葉，你喜歡那個人嗎？」理央從下面仰頭看著我問道。
「嗯。」
我沒有任何話可以對垂頭喪氣的理央說。
回到病房，護理站和走廊吵吵鬧鬧的。護理師一看到我，就像捕捉獵物似地飛奔過來。

「夏芽從床上摔下來了！」

4

夏芽看我們遲遲不回來，想下床去找我們，結果就摔下來了。幸好和她一起滾落的棉被變成墊子，沒有造成太嚴重的後果；但這件事讓夏芽不管願不願意，都發現到身體的變化，所以她變得越來越神經質。

明明雙腳沒有痛覺，她卻會歇斯底里地說腳很痛；不認識的醫師走進病房，就會怕得大哭大叫。沒有夏芽的允許，我越來越不能離開她的身邊。

夏芽說午餐後想吃布丁當甜點，我就跑去販賣部買回來。回到病房後，護理師從裡面走了出來。

「啊，哥哥，抽血結束了。」

「謝謝。」

「如果白血球的數值驗出來正常就可以轉院了。回大阪後，心情也會比較平靜吧？」

護理師之中，只有這位說的是標準語。我偷偷地把她的說話方式當作心靈的依靠。

「夏芽真的很了不起。抽血時完全不哭，也不會抗拒。」

「她明明很怕痛。」

「就算看到針，抽血時也不會哭。可是打點滴時就會哭。」

護理師手中的紙杯裡裝了三支離心管。我一邊想每次都要被抽那麼多血，夏芽實在很可憐。和護理師打過招呼後，我們各自往不同方向走了。

但護理師似乎想起了什麼，把我叫住。

「夏芽對我說了很奇怪的話。」

「什麼話？」

「『一半顏色不同的血，要混合什麼顏色才會變得一樣』，你知道這是什麼意思嗎？」

我說不出話來，杵在原地。

護理師聳聳肩說：「會不會是受到動畫影響啊？」，然後笑著離開了。

回到病房，夏芽便歡迎我回來。

「哥哥，有夏芽喜歡吃的東西嗎？」

「嗯，有喔。」

「好棒喔！」

一半顏色不同的血。

我告訴她，我們只有一半的血緣關係，原來夏芽做了這樣的解釋。隨著年紀增長，她應該會明白這代表什麼意思。到時候，夏芽會有什麼感受呢？即使她會懷著否定的情感，即使不再像這樣對我展現笑容，夏芽終究沒有地方可以逃避。

既沒有可以逃避的對象，也沒有可以逃走的雙腳。

我感覺到阿基里斯腱附近，被套上了冰冷的鐵腳鐐。

父母在我們的名字裡加入了並列的季節，讓我們連結得更緊密的策略，現在沉甸甸地壓在我身上。夏天和秋天無論去到何處，都不會分開。

夏芽轉院完成後，阿神和小莉就立刻來到了醫院。看到他們兩人，我放下了心中的大石頭，差點就要哭出來。但小莉的態度和舉止非常嚴肅，讓我有不祥的預感。

夏芽對講標準語的兩人懷有戒心，但阿神帶來的各種伴手禮讓她逐漸著迷。他們一起玩桌遊，小莉則讀故事書給她聽，大概是很久沒這麼開心，她不知不覺就睡著了。

「我會顧著她，你放心吧。」

「可是我只要不在，她就會哭。」

「我有話想跟你說。」

阿神的話，讓我從預感轉為深信不疑。

我們走進位在一樓的咖啡廳。

這家咖啡廳世界各地都有連鎖店，裝潢和街上的沒什麼兩樣，但客群很明顯的憂鬱多了。

我和阿神面對面坐下。阿神碰也沒碰裝在紙杯裡的咖啡，凝視著桌面上的某一個點好一陣子。

「阿神。」我覺得阿神很可憐，便起了個頭，「春櫻發生了什麼事？」

「怎麼這麼問？」

「你和小莉都來了，但春櫻沒來，這也太不自然了吧？」

阿神無力地笑了，接著痛下決心似地板起一張臉。

「春櫻現在在住院。」

我從完全不同的方向遭受到攻擊，說不出話來。

「抱歉喔，秋葉。花了這麼多時間，真的很對不起。所有的一切都串起來了，我現在告訴你。」

無論何時，事實都是最可怕的。但阿神告訴我的事實卻遠遠超過了恐怖。

「春櫻懷孕了。」

「啥？」

「可是啊，她流產了。她是在新幹線裡昏倒的，所以被送去橫濱的醫院。也因為這樣，我和小莉都不知道春櫻住院了。」

「新幹線？該不會——」

「你們果然沒見到面啊。」

我全身失去了力氣。

「她現在在固定看診的大學醫院。我們有去看她，但被春櫻的姊姊趕回來了。再加上她需要靜養，總之只有家人可以會面。春櫻她心臟功能下降，正在治療中。不過，她沒有生命危險，你放心吧。消息是從藤井那裡聽說的，錯不了。」

「藤井……華夜……」

「那傢伙一直待在醫院，我和小莉一直在找她。事情變成這樣我才發現，要找忽然失蹤的春櫻只能從藤井下手。所以我們找了學校、圖書館，還有《Sucre》的相關人員，布下天羅地網才逮到她。」

阿神垂下雙眼，我做好準備迎接下一波衝擊。

「藤井在你生日時送的保險套，你還記得嗎？」

「嗯，記得。」

「我處理掉之前先檢查了內容物，結果所有保險套都穿了洞。」阿神的表情彷彿吃了什麼苦藥，「就是類似用針刺破的洞，幸好你沒看到。但是她也送了一模一樣的東西給春櫻。」

有一種一大群昆蟲窸窸窣窣地從指尖爬上來的感覺。從腳、腹部、胸口，最後爬進嘴裡，大量的蟲填滿我的身體。我好想吐，因為我想到了那件事。在春櫻家做愛時，春櫻身上有一整盒保險套。

一想到那盒保險套是怎麼來的，我就毛骨悚然。

「她說那是『叛逆』。她送保險套給春櫻，代表她承認了你們的關係，但她還是把那一盒保險套全部刺破了。」

「那叫叛逆？」

「藤井太小看你了。她以為在論壇煽動別人、偷拍你們、甚至直接攻擊你，你就沒那個膽子動春櫻一根寒毛。你也是吧？最重要的是，春櫻是最相信她的人，所以她完全沒有起疑，直接用了那盒保險套。藤井說，她希望春櫻明白，她不會永遠當保護她的士兵，所以才會第一次這樣對春櫻。她以為春櫻很聰明，一定會發現，但春櫻是個相信朋友的人，完全沒有懷疑她。」

「就為了這種事……？」

「藤井說她並不希望春櫻懷孕，所以錯的人是沒發現異狀的春櫻還有你。」

或許是想起了自己和華夜碰面的事，阿神的口氣變粗魯了。他用力抓著頭髮，企圖排解煩躁。我第一次看到情緒這麼激動的阿神。

「小莉真的差點殺了藤井。那傢伙完全沒有抵抗，是醫院的人攔住小莉，我可沒有攔她。為了那種小事、就為了那麼無聊的事，她利用了春櫻的身體，而且春櫻還流產了？現在到底是怎樣啊！」

阿神粗暴地搥了桌子，病人們全看向我們。他粗魯地用手心抹掉奪眶而出的眼淚，對我低頭。

「對不起，秋葉。抱歉，真的很抱歉。」

「為什麼你要道歉？」

「我一點用處也沒有……我們是朋友，明明是好不容易交到的朋友，我卻什麼忙都幫不上。」

「朋友不是為了有沒有用處才交的。」

抬起頭的阿神，早已哭得涕淚縱橫。仔細一看，他的雙頰凹陷，頭髮和服裝也比平常雜亂又皺巴巴的。只要想像阿神和小莉費了多大工夫，才幫我找到春櫻的行蹤，我就無話可說。

「謝謝你，阿神。」

「你別這樣，好像在道別。」

「北七啊，為什麼會變這樣？」

「可是……大家都分散了。」

「小莉和你不是在一起了嗎？」

我輕輕微笑，阿神就掩面哭了起來。

「別哭啦。」

「秋葉你是第一個。我說我爸是官員，你是第一個沒有露出厭惡的表情，也沒有表示羨慕的人。你沒有取笑我的名字，比我還聰明，而且和我一樣喜歡宇宙。」

「你也是苦過來的啊。」

「輪不到你來講。」

阿神生氣地噘起嘴。

他也是我的第一次。我第一次交到不需要見外的朋友。

「雖然見不到面，但是我和小莉都會持續去春櫻的醫院，如果知道什麼消息，一定會馬上通知你。我們會像藤井一樣守在醫院，說服春櫻的姊姊。」

「她姊姊討厭開朗的男人。」

「我會想辦法克服的。等春櫻病好了，我們絕對會把她搶回來，然後帶她來這裡。」

「嗯。」

「大學也有空中大學可以念，等我先進入宇宙開發的現場，我會努力建立人脈，準備好你的職位。」

「謝謝你。」

「如果你和夏芽想在東京生活，我會全力支援。」

「你真的是一個大好人耶。」

無論何時，阿神的開朗總讓我得到救贖。無論何時，阿神的話都會帶給我勇氣。但是，唯獨剛才那些話，聽起來就像夢境。

我們才十九歲，根本沒有能力讓所有事情都稱心如意。

回病房的路上，我聽見了夏芽的哭聲，連忙衝進房間。小莉盡全力安撫著在床上大鬧的夏芽。

「哥哥！」小小的雙手使勁向我伸過來，一抓住我就用臉在我的胸膛磨蹭，「我不要你走！我不要你去東京！」

「我不會去，任何地方我都不會去。」

夏芽對病房裡的兩人大吼：「不要帶走哥哥！不可以帶他去東京！不可以！」

我抬起頭，小莉和阿神說不出話來。

說不定小莉打算讓她留下來，讓我去春櫻身邊。但看到這種情況，我怎麼說得出口？我用力抱緊夏芽。

「妳放心，哥哥哪裡也不會去。」

去東京、去殺了華夜、去和冬月戰鬥，還有去救春櫻，我都去不了。

阿神和小莉走了，夏芽睡著後，護理師說這個時間沒有患者使用淋浴間，我可以去洗澡。

我把旋鈕轉到底，蓮蓬頭的熱水像是瀑布一樣打在我身上。巨大的水聲和白色霧氣，充滿了整個狹小的淋浴間。我注視著自己的腳尖，動彈不得。

每一顆水滴從我的瀏海、從額頭前面和脖子，沿著胸膛化為滂沱滴落腳尖，封鎖了記憶、言語和感覺，濺開來就會在眼前化成實體出現。

懷孕、流產、原因。

保險套、針孔、春櫻的公寓。

你可以不原諒我，但只有春櫻，你一定要原諒她。

母親、遺傳、遺傳病檢查。

擴散在空間裡的意識逐漸凝聚，集中到我的身體裡。

輦道增七、心宿二、南十字星。

真正的幸福、龍膽花、深信會勝利。

用愛陪伴你的憂傷——

我頓時失去了力氣，雙手撐在地板上，腰彎了下去。蓮蓬頭的水就像雨滴般打在我身上。

我感覺無盡的眼淚奪眶而出。比起人工加熱的熱水，更燙的水源在我體內沸騰。淺淺的呼吸像打嗝一樣讓喉嚨發出聲音。

我好希望就這樣停止呼吸，但我吸氣後就吐氣，吐氣後又條件反射地吸了氣。連呼吸都像犯了滔天大罪的認知不停折磨著我，我用雙手掩住臉。

內心的世界被潑灑在腳邊，但我撈不起任何一樣東西。世界形成漩渦，不斷流入排水溝。

感覺、深度、輪廓，就像調色盤上顏料全部混在一起變成灰色，失去了色彩。

束手無策的巨大質量使空間扭曲，我墜入了扭曲界限的深谷中。墜落的飛機再也無法飛行。可是，我沒有任何辦法和萬有引力抗衡。

春櫻，春櫻，春櫻，春櫻。

我猜想春櫻是不是發病了？

假如有這個可能性，那冬月的話就不難理解了。

都是我害的。

是我扣下了春櫻體內的扳機。

我把身體折成兩半，手撐在地板上，把所有的東西全吐了出來。水從上空響著，彷彿在嘲笑拒絕攝取一切東西到體內的我。

閃耀的時光永遠消失了，只有絕望越來越壯大。

世界封閉了。

「——櫻！」

呼喊的名字被蓮蓬頭的水聲淹沒，和酸臭的體液一起化成漩渦，被吸入排水溝。

世界的入口被緊緊地關上了。

——永遠不會打開。

第六章　十二歲的郵差

1

低頭沉默的秋葉先生抬起了頭。這時候，我忽然想起來了。感覺就像漂浮的線的末端和末端，繞了一圈綁在一起。只不過，是他先說出銜接起的記憶。

「你是千景嗎？」

這個聲音的質感，替我內心甦醒的記憶增添了色彩。雖然不知道是什麼時候，但我見過這個人。長長的瀏海和無力的雙眼，帶著溫柔的嘴唇，我的確認識羽田秋葉。

「為什麼，你會來這裡……」

秋葉先生露出微笑，似乎對脫口而出的疑問感到困惑。我認識這個笑容。認識這個聲音，也認識他的眼神。他曾經陪在小春身邊。

「為什麼你沒有陪在小春身邊？大哥哥你不是小春的男友嗎？」

「已經是七年前的往事了。」

撇得一乾二淨的口氣，讓我很不爽。我探出身子，將淺紫色的信封拍在桌面上。我並不想用這種方式交給他，但我無法忍受他擅自把小春趕到記憶的角落。

「千景，這是？」

「小春寫給你的信。」

我發現課本打開寫著「去死」的時候，也沒像他這麼驚訝。

「我是來送信的。」

「春……牧村學姊拜託你的嗎？」

「不是！如果她有意願，她早就拜託小莉了！」

記憶的線一旦繫起一條，就會像車輛互通一樣，接二連三地牽起來。

大概是上小學前，或是剛上小學的時候，小春送給我《銀河鐵道之夜》的繪本。小春說：「這是我最喜歡的人，他最喜歡的一本書，送給千景。」

她的聲音就像要把糖果分給我一樣。小春念給我聽的那本書裡，塞滿了小春的戀愛心情。直到現在，我只要打開那本書就會有一點難受，同時也會感受到小春把幸福分享給我的溫暖。

那本書正是小春「真正的幸福」。

「你看信吧。」看到秋葉先生一直瞪著那封信卻動也不動，我惱怒說道：「你一直猶豫，萬一小春死掉怎麼辦？」

秋葉先生的臉僵住了。

「她會死掉！如果找不到移植的心臟，她就會死掉！」

焦躁讓我一直背負的不安與恐懼破裂了。不只是因為小春的事，遭受霸凌所累積的壓力也炸開了。我的內心觸發了超新星。

星星死掉時所引發的大爆炸，稱作超新星。我一想像星星大爆炸，記憶立刻就和房間書櫃裡的舊宇宙圖鑑連起來了。沒錯，我會開始仰望夜空，就是眼前這個大哥哥給我看了太空梭，讓我很感動。

我發現自己不知不覺染上了不可抗拒的東西，熱淚盈眶。

秋葉先生的指尖碰到信的那一瞬間，另一隻手像是要奪走小春的存在，迅速地把信搶走了。

「不要看這種東西！」

「理央！」

回到客廳的理央小姐，用雙手抓住那封信。我不由自主地朝那雙手撲過去。

「住手！不可以撕掉！」

「放開我！」

「不要！那是小春寫給秋葉先生的信！」

我把信搶回來後跌在地板上，理央小姐俯視著我，當場癱軟。

「拜託你忘了牧村春櫻吧！」

「不可以忘記她！小春一定還在喜歡秋葉先生！」

我把信按在秋葉先生的胸口。

信跨越了五八〇公里的距離，從白色病房來到他的手中。

一個東西掉落的聲音從偏房傳來，秋葉先生還來不及思考，身體就搶先一步反應，迅速地從緣側跳下院子，朝偏房衝過去。理央小姐抬起頭的同時也站了起來。

我跟在跑向偏房的理央小姐後面，看到秋葉先生正要抱起蹲在床下的夏芽。小春的信就掉在前面的地板上。

「哥哥，你要去嗎？」

「我哪裡也不會去。」

秋葉先生抱起夏芽，讓她坐在床上。

我透過秋葉先生手臂的縫隙，和夏芽四目交接。但兩人的熱度和白天正好對調。

「因為有夏芽，秋葉先生才會拋棄小春啊。」

三人的「深信不疑」化為衝擊波，打在我的臉頰上。這件事點燃了我內心的火焰。這樣跟排擠沒什麼兩樣，也和為了保護自己，就欺負另一個人的小學生一模一樣。

「小春那麼寂寞，你們為什麼不替她著想？」

「閉嘴！」夏芽怒吼道。

「她生病之後不當模特兒，也不念大學了，一直很孤單！就算被我媽媽欺負，她也因為生病，沒辦法自由自在地去任何地方。住院就會被關在狹窄的房間裡，還要做很多很多的檢查、檢查、檢查！不管是害怕還是痛苦，她全部都一個人熬過來！為什麼你從來不來看她？為什麼為什麼為什麼！」

我衝上去要揪住秋葉先生，他用雙手接住了我的身體。我知道這雙手，它曾經陪在小春身邊。

「到底為什麼？」

「不要責怪秋葉！」

我凶狠地瞪著插嘴的理央小姐。一眨眼，我的眼淚就滑落下來，憤怒隨著視野一起變得清晰。

「那，怪理央小姐可以嗎？」理央小姐的表情僵住了。我將眼神轉移到另一個人身上，「還是要怪夏芽？」

黑色長髮圍起的臉頰抽搐了。血液一旦化為濁流，接收的心臟也會承受不住壓力而心跳加速。

秋葉先生用空手包覆起我燃燒內心的火焰。跪在地板的他，毫不遲疑地包覆住我的臉頰。

「千景。」

我知道那一天。曾經，在某個地方，我依賴過這對眼神。這個人在過去，在某個地方，是我曾看過的光。

「理央和夏芽都沒有錯，是我拋棄她的。我憑自己的意志拋棄了春櫻。不能幫你銜接春天和冬天，對不起。」

「為什麼要拋棄她？你討厭她了嗎？」

「沒有。」

「現在也喜歡她嗎？」

「沒錯，我喜歡她。」

「小春一定也還在喜歡你，我知道。」

「畢竟你從小就很喜歡小春嘛。」

秋葉先生擦了擦我的臉頰，撿起掉在地板的淺紫色信封，站了起來。

「哥哥。」

他從書櫃邊的抽屜拿出剪刀，夏芽叫了他。但秋葉先生背對著她，沒有停手。

「哥哥，你要去東京嗎？」

夏芽的聲音有著敗北感。像狂潮湧上來的恨意明明是來自她，我卻忽然覺得她很可憐。如果秋葉先生選了小春，夏芽就會無依無靠。但因為他選了夏芽，小春就變成孤單一個人了。

我凝視著用剪刀剪開信封側邊的秋葉先生。不知道為什麼，我覺得站在寂寞階級頂點的人就是他。秋葉先生用指尖夾出信紙。打開後的信紙只有一張。

「你去吧。」

擺脫傲慢的夏芽，感覺像退化成剛出生的小嬰兒一樣，毫無防備且令人擔心。我於心不忍，坐在她的旁邊。

「你一直很想去吧？你就去吧，沒關係。」

我用右手包覆住夏芽放在膝蓋上，不停發抖的手，她沒有抵抗。

「為什麼妳不早說？」

因為不想看到尖銳的東西斷掉，所以她一直只用一隻手撐住；但另一隻手豈止折斷，而是被下了毒，都快溶解了。

夏芽的聲音就像是突破了內心障礙。

「因為我一直不明白，戀愛是怎麼一回事嘛！」

她就這樣彎下背，像真的小嬰兒一樣開始哇哇大哭。

房間的均衡傾斜、墜落、然後啪哩一聲碎裂。因為這波震動而失去平衡的理央小姐，當場癱坐在房間門口。我不斷輕撫夏芽的背。白天她隔著鐵網圍籬，注視著中學的操場，就是這麼一回事吧？

秋葉先生回頭了。

「夏芽。」他緊握著的信紙，上面什麼也沒寫。我目不轉睛地仔細看，那一張信紙只呈現了無盡的淺紫色，他說：「跟哥哥一起去東京吧！」

2

隔天早上，我、秋葉先生和夏芽從大阪出發了。

原本我提議晚上出發，但羽田兄妹說睡眠不足對身體不好、不喜歡晚上走高速公路等等，便上床睡覺了。而理央小姐悄悄告訴了我，發生在夏芽身上那場意外的來龍去脈。

「夏芽就麻煩你了，千景。」理央小姐這麼說。

她疲憊的笑容讓我有罪惡感，但不明白什麼是戀愛的我，即使安慰她也只會造成她的困擾吧？

夏芽（命令我）裝了很多東西到包包裡，秋葉先生則是幾乎沒有帶行李。我看著他，心想他是不是決定當天來回？他把放在佛壇上的小小摺紙放進了小春給他的信封裡。那是動物的摺紙，看外型應該是粉紅色的兔子。

「小春也很擅長摺動物。」我靠近秋葉先生說道，他開心地露出微笑，「那是兔子嗎？」

「是為了代替很重要的人。」

「小春還沒死啊？」

「不是的，是對我和春櫻而言很重要的人。」

「誰啊？沒有照片嗎？」

秋葉先生輕輕點頭，把裝了摺紙的小春的信，放進牛仔褲的口袋。佛壇上的紙杯昨天明明有兩個，今天卻只有一個。看到照片是秋葉先生和夏芽意外身亡的父母，我自然而然地雙手合十。

理央小姐和叔叔送我們出門，我們開著酒鋪的小貨車前往東京。我的旅程原本只有一個人，現在卻增加了兩個人。

坐在我旁邊的夏芽，一直要我告訴她有關小春的事，我只好把知道的都說了。我花費了從大阪到東京的所有時間，才打破她擅自在心中塑造出的小春形象。抵達醫院時，我和夏芽都因為說了太多話累癱了。

我在地下停車場連接住院大樓的地下通道發現了熟人，開口叫住對方。

「藤井醫生！」

她長得很高，無論走到哪裡都很醒目。藤井醫生回頭看我，對我微笑，但她發現我推的輪椅上坐的不是小春，在我身邊的人也不是媽媽，露出了狐疑的表情。

「啊，他們要來探望小春。藤井醫生是小春的復健醫師，呃——叫什麼來著？物理療法師？」

「是物理治療師。」

「哦，對對對。」

我回頭看了秋葉先生，他表情僵硬。我抬頭看了藤井醫生，想要尋求答案，但藤井醫生也失去了笑容。

「羽田……」

「哥哥，你們認識嗎？」夏芽從下方問道。

聽到她的聲音，秋葉先生像魔法解開似地擠出了表情。

「對啊，大學的朋友。」

「那，藤井醫生和小春是大學同學嗎？我都不知道。」

「復健是要走路嗎？」

聽到夏芽的發問，藤井醫生眨了一下眼睛。

「我說過了，小春沒辦法走路啊。」藤井醫生弓起背，靠近夏芽的臉蛋說道：「即使是輕輕握起手、打開手掌的運動，也比不運動對身體好喔。」

「是喔？」

「每天都要嗎？」秋葉先生問道。

藤井醫生的臉頰微微地顫抖。這兩個人該不會也談過戀愛吧？

「一星期一次。好了，我們快點走吧！」

我一拉秋葉先生的手，他就迅速動了起來，讓我鬆了一口氣。但是，藤井醫生卻一動也不動。

我回頭偷瞄了藤井醫生一眼，她似乎還杵在原地。該不會她也單戀過秋葉先生吧？搭上電梯，我抬頭看著站在旁邊的秋葉先生，還是無法釋懷。

病房前，媽媽就站在門口。

我的罪行突然被攤在眼前。我不但擅自外宿，還挪用了補習費。我害怕媽媽會情緒激動，不敢往前走，夏芽回頭看了我。

「好久不見。」

在這個耳光甩過來也不奇怪的狀況下，媽媽竟然看也不看我一眼，而是走到了秋葉先生身邊。

「突然跑來，真的很抱歉。」

「沒關係。我接到你的電話，真的很開心。不過我沒有告訴春櫻，我不知道該怎麼跟她說。畢竟你在我家就像是不能說出口的禁忌。」

媽媽露出了淺淺的，像絲綢一樣的微笑。我有一點恐慌。

「妳哥哥到底是何方神聖？」

我小聲說道，夏芽一副聽不懂我在說什麼鬼的樣子。但一瞬間就能將猙獰的媽媽馴服，秋葉先生絕對不是普通人。或許他只是長相平凡，其實是個狠角色。

「千景。」

媽媽叫了我，我的心臟差點跳了出來。她走近我的那瞬間，比東京到大阪還要漫長。我心跳加速，用力握緊了夏芽輪椅的手把。

「我們去樓下的咖啡廳吧。妳好，夏芽。我是千景的媽媽。」

「我是羽田夏芽……請多多指教。」

夏芽畏縮了。越傲慢的人嗅覺越敏銳，可以分辨出對方是絕對不能惹的對象。

媽媽催促著我，我把夏芽的輪椅掉頭。夏芽回頭的眼神前方，是愣愣站在小春病房前的秋葉先生。

「媽媽，妳先去吧，我馬上就過去。」

因為太害怕，我的聲音也變得比較大。在看到媽媽反應之前，我就把夏芽的輪椅推到秋葉先生的面前。

「哥哥。」夏芽和秋葉先生的眼神上下交會。像是要擺脫剎那間的緊張似的，夏芽露出了笑容，「哥哥你要加油。這時候不要考慮將來的事，請你考慮當下，考慮你自己就好。」

「夏芽……」

「就算沒有學歷、工作、夢想和希望，哥哥還是最帥的男人喔！」

「這算稱讚嗎？」

「閉嘴啦，笨蛋！我哥哥是世界上最棒的人。」

或許她說得沒有錯，我決定不再插嘴。秋葉先生像畫圓圈似地撫摸夏芽的頭。

「妳也是。雖然妳的腳、嘴巴還有態度都很糟糕，但還是最可愛的妹妹。」

「不准點頭！千景！」

「不要直接叫我的名字啦！」

秋葉先生看到我和夏芽你一言我一語，似乎不那麼緊張了，臉上也恢復了笑容。看到他這樣，幸福的感覺湧上我的心頭，身體也變熱了。

夏芽也露出同樣的眼神。我們只靠視線就心有靈犀一點通，沒有綵排就正式上場，合作默契好到驚人。

夏芽將手伸向門把，我則是把秋葉先生推進敞開的房間裡。

窗邊的白色窗簾像彈奏琴鍵一樣，流暢地搖動著。小春坐在擺在窗簾下的床看向這邊。

「小春，有妳的信。」

然後就這樣關上了門。

雖然我很想偷看，但還是不要看比較好。我想，如果看了一定會非常開心，然後有一點受傷。

等電梯時，夏芽背對著我小聲說。

「千景，真的很謝謝你。」

我一時聽不懂她在說什麼。

「你送信過來，說真的，大家都很感謝你。」

「這……不客氣。」

「哥哥現在一定哭了。」

如果是這樣，那小春一定不會哭。因為她會包容哭泣的人。

下樓離開住院大樓後，媽媽抬頭看著小春的病房。窗簾輕飄飄地跳著舞。

「媽媽，我幫小春把信送到了。」

「看來會是一封很長的信。」

如果是平常，媽媽對這個比喻總會置之不理，但她回答得很開心。我心想秋葉先生果然不是普通人，也同時抬頭看病房。旁邊的夏芽也抬頭看了。

「幸好那孩子活著。」

「春櫻姊姊的病情很不樂觀嗎？」

媽媽看向一臉擔憂的夏芽，對她搖搖頭。

「她會活下去的。人啊，不管發生了多麼悲傷的事，不管多麼絕望，只要有一個感動、一個喜悅，或是一場戀愛，就能活下去。」

「因為人活著，就算很悲傷、很絕望，還是得活下去嗎？」

反駁的話才脫口而出，我就焦急了起來，深怕她發現我被霸凌的事。但媽媽像是要緊抓住我似的，伸手摟住我的肩膀。連衣服下面都可以感受到媽媽的體溫。她的手掌總是用不變的溫度觸碰我。

即使蒙著眼睛被很多人用手觸碰，我深信我絕對能夠猜出媽媽的手。

「不活下去，就沒辦法克服悲傷和絕望。不活著讓時間前進，就沒辦法遇到感動、喜悅和戀情。」

「為了達到至高幸福，種種悲傷也都是神的旨意，對吧？」

夏芽喃喃說道，眼神的前方彷彿描繪著某個人。

「那是《銀河鐵道之夜》的句子。」

「你知道得還真多，明明不過是個小學生。」

「小春念過那本書給我聽。」

「我也是從哥哥那裡聽來的，現學現賣。」

我和夏芽一起抬頭看著小春的病房。

假如今天我死了，就得不到小春的稱讚和擁抱，那這樣就太可惜了。假如明天死了，就永遠無法得知小春那封空白信的真相。如果一星期後死了，就沒辦法看到夏芽戀情的結果。

思緒的枝葉一直成長，有太多太多惦念的事，讓我很難決定自己的死期。

媽媽站在我面前，蹲低姿勢，凝視著我的雙眼。

「歡迎回來，千景。你真的很努力，謝謝你。」

只要活著，就會得到別人的感謝。

如果夏芽和媽媽，還有那兩個人也是這樣，那就太好了。

「好，我們走吧！你們餓了吧？」

「我餓死了，千景呢？」

「我也是。」

只要活著，肚子就會餓。

「一鬆懈下來，我忽然好想上洗手間。千景，拜託你了。」

「洗、洗手間？我不能進去女生廁所啦！」

「開玩笑的啦，北七。」

「啥？」

「你的反應真的很激動，超好玩的。」

「我可以把妳丟下來嗎？」我停下推輪椅的手，夏芽回頭仰望我，露出了賊笑，

「我最會假哭了喔，媲美女演員。」

看到夏芽用手指抵著眼睛下方的臥蠶，我連忙重新握緊輪椅的手把。

「這樣就好，當我的朋友必須幫我做很多事。」

「我們是朋友嗎？」

「難道不是嗎？」

回頭的夏芽一臉茫然。朋友這個字被扔進了我內心的水面，激起大大的漣漪。

當搖盪的波浪抵達心的邊緣時，臉頰的肌肉震了一下。

「是無所謂啦……」

只要活著，就能交到新朋友。

「我要再三強調是朋友喔，如果你喜歡我，我會很傷腦筋。」

「我才不會說這種話！」

「是嗎？我長得滿可愛的啊，對吧？啊，不過你應該早就習慣看春櫻姊姊那種美女，眼睛可能麻痺了。」

「才沒有！」

夏芽停下不笑，回頭仰望我。剎那間，我止住了呼吸。
只要活著。
甚至有機會談戀愛。

只要活著。
就能繼續踏上尋找「真正的幸福」的旅程。
明天，季節依舊會更迭。
在春夏秋冬的季節，無止盡流過的數千、甚至數不盡的景色中，展開旅程。

完

編輯部解說

獲得廣大迴響的《餘命十年》作者檔案中寫道：「作者在本書剛完成編輯時，因病情立即惡化。無緣等到作品發行而於二〇一七年二月逝去。」

各位讀者應該都看到了。

文藝社文庫NEO《餘命十年》的作者小坂流加老師，在完成著作後不久，於二〇一七年二月二十七日，三十九歲便英年早逝。

編輯部懇求老師的家人，「如果還有其他原稿，請務必告訴我們。」

二〇一七年秋天，老師的家人通知我們還有其他的原稿。

編輯部看過後，發現這是一本和《餘命十年》描寫完全不同的世界，但同樣令人讚不絕口的故事，於是決定出版這本書。

雖然不清楚老師寫作的時期、經過多少考證等細節，慶幸的是，我們得到了老師家人的允許，才能讓各位讀者看到小坂流加老師的新作品，《只要還活著》。

國家圖書館出版品預行編目資料

只要還活著 / 小坂流加作；游若琪譯．-- 一版．-- 臺北市：城邦文化事業股份有限公司尖端出版：英屬蓋曼群島商家庭傳媒股份有限公司城邦分公司尖端出版發行，2022.09
面； 公分
譯自：生きてさえいれば
ISBN 978-626-338-213-8（平裝）

861.57 111010221

嬉文化

只要還活著
（原名：生きてさえいれば）

著者／小坂流加
譯者／游若琪
執行長／陳君平
榮譽發行人／黃鎮隆
協理／洪琇菁
執行編輯／石書豪
美術總監／沙雲佩
美術編輯／李政儀
國際版權／高子甯、賴瑜妗
文字校對／施亞蒨
內文排版／謝青秀

出版／城邦文化事業股份有限公司 尖端出版
臺北市南港區昆陽街十六號八樓
電話：（〇二）二五〇〇—七六〇〇
傳真：（〇二）二五〇〇—二六八三
E-mail：7novels@mail2.spp.com.tw
發行／英屬蓋曼群島商家庭傳媒股份有限公司城邦分公司 尖端出版
臺北市南港區昆陽街十六號八樓
電話：（〇二）二五〇〇—七六〇〇（代表號）
傳真：（〇二）二五〇〇—一九七九
中彰投以北經銷／楨彥有限公司（含宜花東）
電話：（〇二）八九一九—三三六九
傳真：（〇二）八九一四—五五二四
雲嘉以南／智豐圖書有限公司
（嘉義公司）電話：（〇五）二三三—三八五二
傳真：（〇五）二三三—三八六三
（高雄公司）電話：（〇七）三七三—〇〇七九
傳真：（〇七）三七三—〇〇八七
香港經銷／城邦（香港）出版集團有限公司
香港灣仔駱克道一九三號東超商業中心一樓
電話：（八五二）二五〇八—六二三一
傳真：（八五二）二五七八—九三三七
E-mail：hkcite@biznetvigator.com
新馬經銷／城邦（馬新）出版集團 Cite（M）Sdn. Bhd.
E-mail：cite@cite.com.my
法律顧問／王子文律師 元禾法律事務所
台北市羅斯福路三段三十七號十五樓
二〇二二年九月一版一刷
二〇二四年八月一版五刷

■中文版■

郵購注意事項：
1.填妥劃撥單資料：帳號：50003021戶名：英屬蓋曼群島商家庭傳媒(股)公司城邦分公司。2.通信欄內註明訂購書名與冊數。3.劃撥金額低於500元，請加附掛號郵資50元。如劃撥日起 10～14日，仍未收到書時，請洽劃撥組。劃撥專線TEL：(03)312-4212 ・ FAX：(03)322-4621。E-mail：marketing@spp.com.tw